想象另一种可能

理
想
国
imaginist

蒙马特遗书
邱妙津 著

北京日报出版社

献给死去的兔兔

与

即将死去的我自己

若此书有机会出版,读到此书的人可由任何一书读起。它们之间没有必然的连贯性,除了书写时间的连贯之外。

Sa jeunesse antérieure lui semblait étrange qu'une maladie de la vie. Elle en avait peu à peu emerge et découvert que, meme sans le bonheur, on pouvait vivre en l'abolissant, ella avait rencontré une légion de personnes invisibles auparavant, qui vivaient comme on travaille —— avec persévérance, assiduité, joie. Ce qui était à Ana avant d'avoir un foyer était à jamais hors de sa portée: une exaltation perturbée qui si souvent s' était confondue avec un bonheur in soutenable. En échange elle avait, crée quelque chose d'enfin comprehensible, une vie d'aulte. Ainsi qu'elle l'avait voulu et choisi.

—— Clarice Lispector, *Amour*

从前的年轻时代之于她如此陌生仿佛一场生命的宿疾。她一点一点地被显示且发现，即使没有幸福，人仍能生存：取消幸福的同时，她已遇见一大群人们，是她从前看不到的；他们活着如同一个人以坚忍不懈、勤勉刻苦和欢乐而工作着。在安娜拥有家庭之前所遭逢的从没超过她所能及的范围：经常和难以维护的幸福相混的一种激扰狂热换得的是，最后她创造了某些可理解的东西，一份承认生活。如此，这就是她所愿意和选择的。

—— Clarice Lispector《爱》

见证 001。第一书 003。第二书 009。第三书 012。第四书 025。第六书 028。第七书 035。第八书 045。第九书 051。第十书 063。第十七书 073。第五书 077。第十一书 085。第十二书 097。第十三书 107。第十四书 117。第十五书 122。第十六书 128。第十七书 141。第十八书 147。第十九书 148。第二十书 167。见证 173。附录 175。

目次

* 本书少数篇目未注明具体日期,为尊重作者起见,保留书稿原貌。

见证

小咏，我所唯一完全献身的那个人背弃了我，她的名字叫絮，连我们三年婚姻的结晶——她所留在巴黎陪伴我的兔兔，也紧接着离开世间，一切都发生在四十五天里。此刻兔兔冰凉的尸体正安静地躺在我的枕头旁，絮所寄来陪我的娃娃小猪就依偎在他旁边，昨夜我一整个晚上抱着他纯白的尸体，躺在棉被里默默饮泣……

小咏，我日日夜夜止不住地悲伤，不是为了世间的错误，不是为了身体的残败病痛，而是为了心灵的脆弱性及它所承受的伤害，我悲伤它承受了那么多的伤害，我疼惜自己能给予别人，给予世界那么多，却没办法使自己活得好过一点。世界总是没有错的，错的是心灵的脆弱性，我们不能免除于世界的伤害，于是我们就要长期生着灵魂的病。

小咏，我和你一样也有一个爱情理想不能实现，我已献身给一个人，但世界并不接受这件事，这件事之于世界根本微不足道，甚至是被嘲笑的，心灵的脆弱怎能不受伤害？小咏，世界不要再互相伤害了，好不好？还是我们可以停下一切伤害的游戏？

小咏，我的愿望已不再是在生活里建造起一个理想的爱情，而是要让自己生活得好一些。不要再受伤害，也不要再制造伤害了，我不喜欢世上有这么多伤害。当世界上还是要继续有那么多伤害，我也不要活在其中。理想爱情的愿望已不太重要，重要的是过一份没有人可以再伤害我的生活。

小咏，你是我现在相信、相亲的一个人。但我一个人在这里悲伤会终止吗？纵使我与世上我所伤害和伤害我的人和解，我的悲伤会终止吗？世界上为什么有这么多的伤害，我的心灵已承受了那么多，它可以再支撑下去吗？它要怎么样去消化那些伤害呢？它能消化掉那些伤害而再重新去展开一份新生活吗？

　　小咏，过去那个世界或许还是一样的，从前你期待它不要破碎的地方它就是破碎了；但世界并没有错，它还继续是那个世界，而且继续破碎；世界并没有错，只是我受伤害了，我能真的消化我所受的伤害吗？如果我消化不了，那伤害就会一直伤害我的生命。我的悲伤和我所受的伤害可以发泄出来，可以被安慰吗？在我的核心里真的可以谅解生命而变得更坚强起来吗？

　　小咏，有你和我并立在人世，我并不孤单，你的生命形态和我相亲相近，你了解我的生命并且深爱我。但我需要改变，不是吗？我不知道要如何改变，我想要变成另外一个人，这就是全部我所能对自己好的方式了。我知道我得变换一种身份，变换一个名字活着，我得哭泣，我得改变一种人生活着。

　　小咏，我已不再愿望一个永恒理想的爱情了，不是我不再相信，而是我一生能有的两次永恒理想的爱情都已谢去，我已老熟、凋零、谢落了。小咏，我已完全燃烧过，我已完全盛开了。一次是因为我还太年幼而错过，另一次则是由于我过于老熟而早谢了。但尽管只有一刹那的盛开，我也是完全盛开了，剩下的是面对这两次残废爱情意义的责任，因我还活着……

第一书
四月二十七日

絮：

时间是一九九五年四月二十七日凌晨三点，你在台湾的早晨九点，兔兔死于二十六日午夜十二点，距离他死去二十七个小时。他还没下葬，他和他的小箱子还停留在我的房间陪我。因我听你的嘱咐不把他葬入塞纳河，要为他寻找一个小坟墓。我还没找到合适地点。

二十七个小时里，我仅是躺在床上，宛如陪同兔兔又死过一次。我把自己关在房间里尽情地想你，想兔兔。一个多月来，除了怨恨和创伤之外，我并没办法这样想你、需要你、欲望你，因为那痛苦更大。这之间，我也没办法如同过去那样用文字对你倾诉，因为我说过写给你的信是一种强烈的爱欲……

下定决心，不要任兔兔就这么白死，要赋予他的死以意义，否则我走不过他的死亡，我接受不了，没办法继续生活下去。我告诉自己，或是为他写一本书，并且不再继续对你诉说，将爱就此缄封起来；或是为他再继续爱你，无条件爱你，为你再写一套和那年年底完全对称的奔放书信，炙热的爱之文字。

* * *

一口气写好三十个信封，是这个月先要写给你的信。我要再像那年年底那般专注地为你创作。

我羡慕你，羡慕你能得到一颗美丽心灵全部的爱，且这爱是还会成长，还会自我调整，历经劫难还会自己再回来，还是活生生，还会再孕育生产新东西的爱。

请不要觉得负担重。我只是还有东西要给你，且是给，只能给了。蜜汁还没被榨干，一切的伤害也还没完全斩断我牵在你身上的线，所以我又回到你身边专心为你唱歌。虽然那线已经被你斩得几近要断，如一缕游丝般挂在那里，且不知什么时候你要再下毒手将它砍绝，但在那之前，我要攀着它尽情地歌唱。

絮，换我来做一头水牛吧，你曾经为我做过那么久的水牛，你说做水牛是幸福的。我只求你不要再只做只说那些负向的事，把水牛弄得疼痛地逃跑，好吗？有我愿意为你做水牛，你就让他有个位置待在那里，舒服地待在那里，好吗？任你再怎么狠心，一头你爱也爱你进入第三年的水牛，你忍心把他赶跑，要他再也不出现，不存在吗？这条老水牛真的不值得你眷顾、在乎吗？我已经这样发了疯地爱着你三年，我已经这样完完全全地给予你，彻彻底底地爱着你三年了，且如今我还整整零乱的脚步与毛发，准备再回到你身边继续这样地爱着你。这样的一头老牛真的是路上的任何一头牛吗？你告诉我，这样一头经过考验的牛，你一直养着他，喂他一点粮草吃，他以后真的生不出来你要的那种生活、人生或爱情吗？

我这个阶段，自己经受着的，看着他人的，都是长久且不断历经风吹雨打的爱情，这才是我要支撑、才是我不计一切代价要去给予、付出、灌溉的。禁得起考验的才算是真爱，我渴望着褪去风霜还能手牵手站在一起的两个人；我渴望着不断不断付出而又经受着岁月的淘洗、琢磨而还活着的爱。絮，我已经不年轻、不轻浮、不躁动、不孩子气了，我所渴望的是为你做一头永远深情且坚固的水牛，做一头能真正爱到你又能真正让你的人生有依靠的水牛。如今我对这样一头水牛有非常具体的想象力，我会做给你看，让你明白我爱你的潜力有多大，我发誓要长成一头可以让你依靠的水牛给你看。我知道那是什么样子的。

"两情若是久长时，又岂在朝朝暮暮"，过去我很爱的两句话，如今真的我自己也有机会用到了。

九二年到九五年间我已成长不少，我已经又领悟且实践了更多爱情的道理了，不是吗？但我还是同一颗炙热的心，絮，你不知道纵使你的人再如何离开我去爱别人，你的身体再被如何多人所拥有，我都不在乎这些。我也明白，我并没有办法因为这些远走、背叛而不爱你，你之于我还是一样，不会有改变的。这是我要告诉你最重要的话，也是一个月来我所走过最深的试炼，我痛苦，可是我走过来了，我的爱还在，且更深邃，更内敛也将更奔放了。

也因如此，我才能继续对你开放，给你写这样的信，你明白吗？你对我的种种不爱与背叛，无论程度如何，都不会阻止我对你的爱，也不会构成我们面对面时的痛苦或阻断。过去我说不出这样的话语，这些话是我今天才说得出口的。因为兔兔的死，把我带到一个很深的点，使我明白我有多需要去爱你，也使我明白我可以多爱你。

今生，若有机会再见到你，并不会因为你已如何如何地不属于我，或是你结婚生子去了，而使我之于你的热情受到什么影响，你永远都是那个我见到她会跪下来吻她全身，欲望她全部的人。但若你一直都不要我这个人，我或许会去跟别人生活在一起；我有一个很强烈的爱的灵魂，也在身体欲望炽烈的盛年，如果你要我，我可以继续为你守贞，忍耐我身体的欲望，在任何你愿意给我的时候被满足；但若你不要我，你不用说我也会知道的，我会让我的身体和生活去要别的人，并且去发展一份健全而完整的成年生活，去享受更多也创造更多。然而我的灵魂，她打算一直属于你，她打算一直爱你，一直跟你说话。如果未来我的灵肉不能合一，不能在同一个人身上安放我灵与肉的欲望，那也是我的悲剧，我已准备好继续活着就要承担这样的悲剧了，但是两者我都不会放弃，两者我都要如我所能我愿地去享受去创造。

你问我什么是"献身"？"献身"就是把我的灵与肉都交给你，都安置在你身上，并且欲望着你的灵与肉。你又问我为什么是你，不是别人？因为我并不曾那么彻彻底底地把自己的灵魂与身体给予一个人，我也不曾那么彻彻底底欲望着一个人的灵魂与身体。

是体验的问题。我或许能与其他许多人相爱，无论身体或灵魂的，但我知道程度都不及我与你深而彻底，我无法像渴望身心属于你般地渴望于别人，我也没有像渴望你的身心般去渴望另一个人。没有的，是程度的问题，程度都及不上你之于我的。这些你都知道吗？所以是你，就是你，不会再有别人在我身体与灵魂的最深处。尽管你已不要我、不爱我、不属于我了，但我还是要大声告诉你，我们所曾经相爱、相属、相给予，我们彼此所开放的，所曾经达到的灵魂与身体的沟通，是不再有人能取代的。我要告诉你，你是接受 Zoë 的身体及灵魂最多的一个人，你也是曾经爱过懂过最多我的身体及灵魂的，就是因为你是唯一一个这样爱过我、接纳我、了解我歌声的人,所以 Zoë 到了你的手上,才算是真正彻底地燃烧起来……我怎能不爱你呢?也因这样,在你要抛下我,我不能再继续为你燃烧时,我的生命才会有那么大的痛苦与暴乱啊!你已宣判我是不能与你同行的一个人,其他人或许会进驻我的人生,或许可以比现在的你给我更多,了解我更多,但是,我要一直告诉你,你所曾经给过我的,你所曾经和我沟通、相爱过的深度,是无人可比,也是空前绝后的。是因为这样,所以尽管绝望,没有回报,我还是要尽我所能用我的灵魂爱你。

Tu es le mien, Je suis le tien.

永远,你是我的,我也是你的,没有人抢得走你,也没有人抢得走我。

你说现在像是走在沙漠里,我感觉到你并没有完全对我麻木、无感、无情,只要我还能感觉到你对我有一丝接受力,那对我而言就是最重要的,我就还能告诉自己说我可以给予你。

不知道我还有那本事没有,我舍不得你走在沙漠里,我要给你一小块坚实的地可以踏着,起码是远处一小方绿洲可以眺望着,不要让你在现实里再飘荡,在精神里再奔逃。都是我的错!我没有把握,但是让我再以我的生命为基础,用我的文字建这一小方地,看看,能不能再给你一个中心,好吗?

第二书
四月二十八日

絮：

时间是一九九五年四月二十八日凌晨一点，两个小时前我刚埋完兔兔。

总算不负你的希望，我亲手将兔兔葬在 Mont. Cenis 旁的小三角公园，内心唯有满足与喜悦，不再有悲伤。距离兔兔离世有两整天，这两整天里他都停在我房间，我是第一次体尝到一个我所爱，和我生命相关联的生命死亡是怎么回事，就这样消失，不再存在于这世界上……他的遽然离世，使我从稍稍复原的状态中，又措手不及地被孤独的感觉击倒在地；又仿佛一只刚刚站稳，恢复平衡的三脚凳，突然被锯断一只脚，一整个半天我又掉到不吃不喝的忧郁状态里，死亡的气息环绕着我……你说为什么我又让自己痛成那样，为什么我没有半点免疫力……我不知道，我内在的感受性太开放了，Susceptible，就是这个字，佛教说的"易染"，那正是我的疾病也是我的天赋，是我的宝藏也是我的残缺啊！

今天早上焦虑着埋葬兔兔的事。我答应你不将他水葬,要以土葬,也给予你一个意义,让你有可能来看他。然而,四处打听,朋友们都认为找不到地方,动物坟场又太贵,Camira 甚至要我将他放在垃圾箱……他已停放两天,不能再拖,怕他的尸体腐烂,我唯恐完成不了你的心愿。下午我决心要振作起来,让兔兔得到安葬,也叫你对我们两个放心,爸爸会照顾兔兔……

我先爬起床去寄你的第一封信,回来给自己买了十朵香槟色的玫瑰(后来分了阿萤三朵),一支蓝色的胖蜡烛(现在它陪着我),一支挖土的铲子。回来后又送走昨天洗好而来不及烘干的衣服(此刻换好了烘干的新裤子),包装在东京机场为家人买的礼物(三条领带给爸爸和姊夫,两个皮包给妈和姊姊)。到邮局去寄信的时候,心血来潮为你买了三十组漂亮邮票,共有四种式样;领到你寄给我的书和 CD,很意外也很开心。回程打了通电话给水遥要告诉她我很平安,没找到她;留了一通留言在翁翁的答录机里,告诉他我看过《重庆森林》及《爱情万岁》后的感想。傍晚回家做了一盘洋葱蛋炒牛肉、通心粉,煮了饭,看电视新闻,之后就回房间把那三十组邮票贴在写好的信封上,边听你寄来的歌剧精选,感觉奇异地幸福。又打了通电话给轻津订约会,跟欣平谈学小提琴的事。饭前白鲸也打过电话逼问我兔子如何安葬,我就顺便催了催她学踢跶舞的事,讲了一下论文的进度。

十一点钟一到,我抱着装兔兔的小箱子,背着袋里的工具,神秘地出门去……公园所有的门都已上锁,怕被人发现,我找了一个偏僻的角落,偷爬围墙进去,钻入树圃里,边留意有没有警察来,边躲在一棵较粗的树丛间挖土。因为下雨,土很松很柔软,挖到一定大小,我决定将兔兔的尸体自箱里取出,让他可以直接接触土壤,快速地腐化,我想他会很高兴去滋润那棵大植物吧。爸爸妈妈的合照,爸爸妈妈给他的两封告别信,较他更早死的那盆植物,他喜欢玩的大刷子及卫生纸团都陪他葬在土里。他的尸体仍完好,似乎比前两天更柔软,我为他盖上半条蓝色毛巾,附上他的粮草,把泥土全都推回洞里,用脚踩平……

瞬间很想哭,想到没负你所托,想到再也看不到他可爱的白色小身体,想到我终于体会到"亲手埋葬"四个字,想到村上春树说六年埋葬了两只猫的事,而我要在巴黎这美丽又孤寂的城市里独自埋葬多少只兔兔、多少秘密的爱呢?想到我竟真的"亲手埋葬"了我对你和兔兔的爱,我和你们两个的爱情真的就结束在泥土里,剩下的只是幻影和回音吧?絮,你误会我了,我或许不够健康足以担当兔兔的爸爸,但是我并没有虐待他,我尽了我的爱心在照料他,他死的时候,我是个勇敢的爸爸!CD 里的第六首:圣桑的《轻唤我心》很贴合如今我面对兔兔之死的感情……絮,从 église 这端的入口走入公园,第二张长板凳右后角的大树下,泥土稍突露出几丝干草,其上插着一小株香槟色玫瑰……那就是我们心爱的兔兔及爱情的安息地,在 Mont. Cenis 的小三角公园!

第三书
四月二十九日

絮：

　　下午四点多时有一通电话，昨晚信写得太晚，人还在床上，今天的一天还没展开，一瞬间觉得可能是你打来要关心兔兔的葬礼，但来不及爬起来电话铃声就停了。我放弃了可能是你打来的念头。在这段努力要将我甩开、视我如洪水猛兽的时期，你大约不可能勉强榨出几滴真心关爱来罢。

* * *

　　絮，你这个月对我的所作所为是错的，你对待我的态度是错的；我必须对你这样说。站在一个人对人的立场上来讲，尽管我较你年长老成，尽管你再怎么年轻不懂事，但每个人一生都要对自己做过的事，以及对他人犯过的错负责，每个人在内心里都逃不掉那份责任的，我也是，我也在为我对他人所犯的罪作偿还。

我认为人与人之间是有情有义的，至于情义的内容或范围是视两人间的默契或誓约而定的。人的内在、生命、人格的"一致性"愈高，就愈能真实地、诚信地活在这样的默契里；人间的这种"一致性"太低，就会不断地去对他人犯错，内在产生混乱，或是不得不完全封闭自己的精神。这种"一致性"就是 Gabriel Marcel 所探讨的 fidélité（忠诚）的问题核心。这一个月，我又更用心地去研读 Marcel，我发现我的生命已发展到可以更加懂得他的整体精神，也可以和他的关怀范畴整个叠合了。我很高兴，像是找到知交一般，想要学小提琴有一部分也是被他所感动，想要追随他。

不知道是否还有机会跟你讲更多有关他的哲学艺术，也不知道你是否能够欣喜感动……或许我不能代替诠释你的人生，不能代替你发言、做选择，但是，从我给你的第一封信起，我就在提供你一份清晰的内在蓝图，我就在照亮你的内在坐标，不是吗？你的内在生命是与我所共生出来的，除非你要完全封闭它，完全阉割它，否则那部分除了我之外，没有人能再满足它，它会一直在那儿渴望与我沟通，只要我的生命还存在，它都会渴望听到我的声音，渴望听到我的精神生命所流出的音乐。

当然，你也可以压制、麻痹这个渴望与需要，但它已经在你生命里诞生了，你也饱满地尝过那是什么了，这个"灵"的存在是事实。你的灵和我的灵是完全均质、和谐的，以后你将会慢慢发现，你的那一部分是我们一点点给予、灌溉、呵护而形成的,最后也是因为我们狂暴而阻塞、搁浅、关闭起来的。人世间什么样的爱情关联都不够可怕,生活、身体或其他键结方式的长久关联都不够可怕,唯有这种"发源性"的灵魂归属(甚至是"孕育")的关联,才是最可怕,最磨灭不掉的。那种"关联"是会一直活着的,也是因为如此,人类才有那种不得不去斩断、否认,又无法超越的"关联性"的痛苦。

正是我明白了这层道理,所以,在这兵荒马乱的时代,我只告诉你一个简单的结论:"我们之间不要有 rupture——断裂。"我也渐渐明白了,这一整年到底是发生了什么事;我的狂暴,你的封闭,我出了什么问题,你出了什么问题……我已不再需要透过你来给予我资料,我自己已经穿透这些迷障,走出这片丛林。所有这一切并不是源于其他人或你对其他人的欲望——那并不重要,重要的是我们之间灵魂的沟通出现障碍,我们之间情感的给予和被给予没衔接好。然而,你对我"背叛"的意义却已然刻下,未来或是你将付出代价的时代,你要付出的是你将部分或全部地失去我,失去我对你最美最宝贵的 fidélité(忠诚):这也是没有人会有能力再对你做到的。因为"忠诚"不是一种被动、消极的守门姿势;"忠诚"是来自生命内在的完全打开与燃烧,是一种积极、意志的热望,需要全然的自觉性及实践性。

* * *

我也不赞同你用"世俗"与"非世俗"的切面来分割我们之间的差异，或是解释我们之间的裂痕——我不同意，一点也不。

"世俗生活"要求的是一种被动、伦理道德的"忠诚"，如我的父母，你的父母都活在如此的一生，努力在"世俗生活"里做个标准合格的人，但是配偶本身除了外围世界的关联外，内在本身两人之间的关联可说是很浅很少的。他们不是完全没有灵魂的需要，完全没有热情的痛苦，只是他们将之转移到外在世界，或是以别的方式发泄。他们过如此的"世俗生活"，如此切割他们的生命结构，是他们的选择，也是他们别无选择，别无其他想象力。

如果你因此说我是"非世俗"的人，没错，如此的"忠诚"与"世俗生活"对我确实没有意义，我确实不欲望这样贫瘠的生活与灵魂。如果你说你正是这样的人，你所适合的正是这样的生活，那也很好，如此我根本不会有什么痛苦，如果你是如此的人，或将变成如此的人，那我也就不会跟你有什么关联，我根本无法需要你，也无法欲望你这个人。我和玄玄的关系正是如此，这也是我对她犯罪的地方。

尽管可以在生活上完全依赖她，从她那儿予取予求得到她的爱，但过去我并不明白，其实我的灵魂并没有办法需要她、欲望她。我试图尽责地照顾她、爱护她，为她做全部我认为应该做的事，去赚钱，去负担家计，聆听她，保护她。我和她所过的正是伦理道德的忠诚与世俗生活。

后来我才明白她对我却不是。

她渴望我的热情，我却没办法，我不曾把我的灵魂真正给过她。更残酷的是，她却眼睁睁看着我把我的灵魂完整地给了你，我在你身上灿烂地燃烧。她看着，她懂得，她经历着这一切；仿佛零与百的差别，所以她痛苦得几近毁灭；这是我对她所犯的罪，就是你也参与其中的玄玄的故事；一个我所经历过的失败的"世俗生活"的故事。

不要说我不懂、没有能力过世俗生活，或是不属于世俗生活，相反地，我发现只有我是真正有可能去过同时包含这两种生活的人。世俗生活的强大能力含纳在我的体内，蕴藏在我的生命里，也可说是藏在我体内那颗"渴爱"的种子里。它和一般人发育的顺序是颠倒过来的，我的人生是先长出强大的精神能力，再长出现实的欲望与能力。是因为那"渴爱"的种子没有办法好好生长，又吸干我生命全部的养分，悲剧就是如此。你来法国的这半年，原本我有一个机会使"渴爱"的种子开花结果，使世俗生活盛开，事实却因你的封闭及不爱我，反而将我带上一段内在的暴乱与自毁。在遭遇背叛之后，我去东京见到小咏。在我身体瘫痪、精神崩溃的那一个月里，是小咏负担我、照顾我，第一次对我开放，分担我的欲望与痛苦，给予我所深切渴望的热情与沟通，我才恍然明白这一年来到底是出了什么事。

我和小咏的故事很长很密，我没办法三两句述尽……

她确实是对她之于我的那一份深爱负起责任，尽管不是百分之百的爱，即使我"渴爱"的种子神奇地开花结果。她这三年灵魂的成熟，使她明白她爱着我，并且她也准备好要对这份爱欲负责；这对我来说未尝不是一种拯救。因她自觉到她只能去欲望什么样的爱，并且她整个人都在为如此的领悟与觉悟付出代价并负责。所以我并不需完全拥有她，而能被她深爱到，且我的生命也从病入膏肓中迅速康复，世俗的能力也因此开始开花结果。

正是因为她，我想健康起来，我想做一个健全而完美的人，正因为被她的爱所感动，所以我想去长成一个强壮（特别是世俗生活的部分）足以负担她的人；她的生命由于长期爱着一个不当的人，实已造成灵魂一部分无可救药的残废与病态，她对那个人有盟誓，我对你有盟誓（你则还没进入人生能有盟誓的阶段），等到我完全卸除我对你的责任（什么时候？是你变成和我完全不相关的那种人的那一天吧，说来悲哀……）之后，我相信小咏是我整个人生"最终"所要等待的那个人，她已经永远存在我的人生故事里，因为她是一个生命真正需要我的人，那种需要的形式具有高度的排他性与选择性，非我不可，没有其他人可以在那个位置，如果没有你，最终我会去爱她以及她未来的孩子，并且随时我都准备好要去负担她，最终唯有我才能整个负担起她残废或破败的生命。更可贵的是，她和我之间，已相互谅解，我和她的感情已彻底穿越过爱欲与占有的关系，使我真正自由且获得关于爱欲的解救。所以我要说她是第一个使我经验到"创造性忠诚"的人。临分离之际，她叫我要去把我的热情发泄出来，无论如何，以什么方式；我也告诉她我会为她活下去，长成一个健全足以照顾她的人。

* * *

至于你，絮，我跟轻津说："我是不幸的，我把自己彻彻底底地奉献给一个不能领受我的爱与美的人！"

还有很长很长的反省与体验想写在这里给你……但写了七八个小时，我已匮乏，疲倦至极……絮，有几件事，或许不是真理，但让我在这儿提示你，好吗？

(1) 关于"背叛"

这一个月你在生活、意志及身体上背叛我，我已经尝受到怨恨与创伤的折磨，我已付出代价。这已经是我所能被你背叛与伤害的极限了。但我并没有死,我还活着,且会愈活愈好……然而,你的灵魂却背叛不了我,你的灵魂会一直渴望我,被我霸占。对你来说,我在生活、意志和身体上的背叛都伤害不了你,一方面是你不曾真正在乎过我的这些,另一方面也是你还不明了爱欲之独占是怎么一回事,然而,你总会因我的灵魂对你背叛而受苦,你无法眼睁睁地看着我把灵魂彻底地给予另一个人,且不再眷顾于你。真有那一天,你会付出巨大的代价,而如今你是正在失去我的灵魂,但我还在撑着。

(2) 关于"热情"与"性"

絮,不是我这个人不能使你欲望的问题,是你的身体还没发展到欲望的时候;你身体的欲望还不能跟你灵魂里的爱欲相结合,相一致,相协调;并非你会一直停滞在这儿,是你欲望成熟的时刻还没到。

身体成熟的那一点,身体的欲望是容易对身边的很多人开放的,因为那欲望是漫溢的,需要被满足的。身体的欲望较不具排他性,但若无法与灵魂的爱欲相结合,会产生灵肉的断裂。而性或热情终究不是单由身体发动的,真正的相互结合与给予,是由灵魂在发动的。灵魂真能相爱、相满足,身体和生活的其他元素也自然会被带动而均质、协调、同化。絮,有一天,当你身体欲望成熟,你能欲望任何身体时,你也能欲望我的。但是,前提是那时我们之间并没有断裂，我们的生命还有可能并置，我们的灵魂还在继续相爱，那时我们的身体就会自然地相满足，你也会发现你只能欲望我最深，因为你的灵魂爱我最深。这正是我努力在做，不愿再有错过的地方，要维持我们灵魂的相沟通、相爱。

（3）关于我的"狂暴"及你的"封闭"

絮，你从来都不是真的不爱我，你也没办法真的不爱我。但是，长长的一年里，你的确是表现出不爱我，你的确是做到了许许多多代表不爱我的事，而我之所以没真正了断与你的关联，是因为我还体验到你在爱着我，你渴望着我的灵魂，但这一切却以非常微弱而扭曲的方式呈现出来。

是因为我一直在怪你，这个"怪"是从我搬到巴黎之后开始的。可悲啊，一对完全相爱的恋人竟然要经过这样的旅途！我需要你却无法被满足，你性格中的不自由、不独立，对我热情的不能了解，以及不能承担这激情的痛苦……这些都叫我怪你，我不满足，深深地不满足，去年三、四月这种种责怪严重爆发，使你开始对我封闭……可悲啊！之后每况愈下，我陷入"狂暴"的病态，你也陷入一场长期"精神封闭"的病态。从你开始对我封闭的那一天起，你的内在就开始陷入混乱与迷失，而这些又导致我更深的受挫与更大的不满足，最后是你完全表现不出爱我的心意，而相反地，欲望着、陈述着不爱我，我也发了狂似的责怪你，完全陷入歇斯底里之疯狂状态……

我们是互相把对方变成这样的。这其中最大的错误是我那个"怪"的心，那是我错误的第一步。从来你所要信任、所要开放、所要热爱、所要彻底付出的人是那个完全了解你、无条件包容你、不曾真正"怪"过你不长大、不能满足他的人；这也的确是我来巴黎之前所曾经做到过的。而你虽然没长大到可以来满足我精神、欲望与生活的需要，还没成长到有足够的条件来与我结合，但是，你的确曾彻彻底底地给予我。在我来巴黎之前，我也是因为感动于你的彻底性，并在这彻底性里得到完全的安顿；那个阶段，我们确实是完美地相配合着，相沟通着。

直到巴黎的生活使我生病，陷入绝望，而那又是你不能体会的生活与绝望，我们之间的沟通就开始出问题……我开始严重地怪你，你潜在对自己的"怪"也跑出来，这一切的"怪"使你受挫，受挫又受挫，终于导致你对我之"封闭"，连带地，我失去你对我的信任、开放、热爱与彻底付出。最后，最悲惨的是，我"狂暴"的疾病也把你人格的自信与统合压垮了，所以，如今你对我甚至连最基本的诚实、信用、勇气与担当都表现不出来，你对我表现出一个根本不是你的人。（真的，絮完全不是这样的一个人，我所深深认识、信仰、热爱、顶礼膜拜的絮全是与此相反的。不是她变质消失了，是她对我遮蔽了。）这一个月即因为我对那个神之信仰完全破产，所以精神彻底崩溃了，这也是我悲惨的终极！

絮，你并非真的变成不爱 Zoë 不需要 Zoë，相反地，是因为你一直尽力来满足他却又满足不了他，你才被压垮，才被挫败掉的。前面完全开放能彻底爱到他时是在尽力，后面完全封闭不能彻底爱他时也是尽力在满足他，然而你太疲惫、太挫折了，所以你走上抛弃他的道路。但是，你并没有办法完全抛弃他啊，因为从你接受他的爱起，你并没有一刻停止过爱他，停止和他的灵魂相关联，你并没有一刻能真正抹除他在你生命里所占据的庞大分量，你并没有一刻真正摆脱掉灵魂属于他的命运，你也不曾真正停止过为他的生命尽力，尽力满足他，尽力朝向他成长……所以，我要和你断论说，不爱才是真正混乱你、伤害你爱欲核心的一件事。絮，你的初恋不能跟其他人相比，你抹杀不了那份痕迹的，因为你的身体与灵魂是如何彻彻底底地被我欲望过，被我热爱过，我是如何深刻地在你的灵魂及身体上烙印下第一个完美的痕迹啊！那是你生命第一个爱欲的印痕，且这个恋人又是如此彻彻底底地给予你属于你，你真能忘记这个爱欲相结合的记号，能吗？除非你完全关闭你的精神，就如你最近所努力做的。

解铃还须系铃人，你精神的封闭状态，也是除非我打破不了的。如果你不能再来与我的灵魂沟通，你的生命不能再对我开放，你也走不出这片沙漠，没有其他人是你的出口，甚至你会失去跟自己灵魂的沟通，然后你逐渐就会倾向变成一个我不喜欢，没办法去欲望的一个人，我就会是一片断了线的破风筝，一去不回头……如今我所在努力的正是使你再来与我沟通，再来信任我，再来对我开放；我试图打破你的封闭状态。但这里存有几个前提，一是我要能真正地停止要求你，停止责怪你，此外，我要让你再能捕捉到那份被无条件包容的，来自Zoë的原始被爱的记忆，那是你生命潜意识霸道地要求着我的爱欲之需要，这个前提是只有我才能体验到的……我在试着变得更老一些（而非长大），试着重新回到这个水平，我在努力，看能做到多少。在这个回归上，一直没办法先要求你，只能是我回复到正确的爱你的位置，你才会悄悄地移位，回到比较正确的位置。如果我回复不了，我们就会注定彼此相互失去，连一片眼睫毛都不会留住的。我在与我的命运决一死战，我只能祈祷你帮我，或暗中助我一臂之力，不再说出、不再做出（或仅仅只是减少一些）伤害我爱你之欲望的言语行为，不要将我推落悬崖，或不小心挑断我因爱你而想自我调整的脚筋……

* * *

我并不混乱，我内在的冲突也已不大，试着整合我所说所做的言语行为，你会发现它们并没有矛盾到如你所想象的。每个人对我的意义都是确定的，我一直明白我要的是什么，我也仍然有能力及自由去选择对谁忠诚，去将灵魂给予谁，我也将一直保持如此。我很复杂，却也很清澈；我的心思很深沉，但我的爱欲却已纯净，这也是我最美丽，叫我与众不同，在人群中闪闪发光之处。

第四书
四月二十九日

絮：

　　晚上和白鲸去庞毕度中心看了 Angelopoulos（安哲罗浦洛斯）的《喜剧演员之旅》（*Le voyage des comédiens*），一坐坐了四个小时，出来时已经是午夜十二点半，我开心地一直笑一直笑，还蹦蹦跳跳地唱着电影里希腊手风琴音乐的旋律，太高兴太满足了，兔兔死后第一次和白鲸碰面，她见我高兴成这个样子也觉得我不正常了。

　　四个小时漫长的电影里，常有枯燥沉闷的笨拙片段，看起来像是一部政治教条片，却会间杂一些宁静、缓慢，美得令我惊异的片段……我专注地看到第三个小时，开始打了第一个呵欠，然后不知怎么回事，我竟从身体里笑开了，真的是笑开了……人生好美哦！特别是我仿佛看见了我未来的人生，它好美啊！"J'arrive pas."——我发现这是最近常从我身体里飞出来的一句话，我也发现这一句法文好美哦！"我做不到"，中文是这样讲的，但这样一讲就太死了，要不就说"我到不了""我不及格""我失败了"……记得亚苑寄给我一块剪报讲"残缺才好",林清玄也有一句话使我印象深刻,他引了弘一的话:"我只希望我的事情失败,因为事情失败,不完满,这才使我发大惭愧,能够晓得自己的德行欠缺……倘若因成功而得意,那就不得了啦!"

我确实是有严重的瑕疵,我的生命尚未长得健全,有重大的残缺,多像这部电影啊!但长长二十六年人生,充满了失败而无能的记忆,几度想就此逃逸,但是,有什么关系呢?这二十六年里的我就是"J'arrive pas"。这部电影是 Angelopoulos 一九七五年所拍的人生第二部长片,距离他人生开始拍电影是第七年。其后,八八年他能拍出《雾中风景》(至此他已经是世界第二名了),九一年可以拍出《鹳鸟踟蹰》(因这部片他已成了我的神,无可比较,且塔科夫斯基已死,他却还活着)。今年,九五年他又推出新片《尤里西斯之注视》(Le Regard d'Ulysse)(是今年庞毕度希腊影展一百部片的闭幕片,七月二十二日要首演,我想到可以看就要兴奋得发狂)。一个人有超凡美的质素,并不是要等他拍出《鹳鸟踟蹰》的时候,我们才懂他、才爱他,而是在十六年前还显笨拙、失败的他身上,我们就看出"某种东西"不变地存在他身上,十六年前和四年前都一样。我爱他这个艺术家正是因为我懂得、我看出、我爱他的此种质素,所以白鲸觉得这部拙劣的片子仍然和其他的片子一样令我满足、快乐,我没办法叫其他人明白爱一部片和爱一个艺术家有什么不同(别人会误以为盲目崇拜),我想我有点疯,但这部分情感是不可言说的,只有一样在我的作品里跟他碰面，跟他致敬了。

他总共还有其他八部片，我一部都不会错过的，除了闭幕片，其他七部都会赶在五月份看掉，生日前一天还可再看一遍《鹳鸟踟蹰》，这真是令人高兴得要一直哼唱手风琴的音乐，我是个疯子吧？

第六书
五月一日

生活一下子变得前所未有地拥挤，太多太多人，且都是我能在乎的人，涌进来塞满我的胸臆；太多太多我想做的事，也不知怎的，冲进我的新生活里。我的新生活里一下子像长满了奇花异草，想象奔放的灿烂星空……

【回忆】

有好多过去我所爱的人重新回到我的生命：小咏将我寻回好好地安置在她的生命里。我也感觉自己又重回亲人的怀抱，第一次感觉他们竟然可以了解、安慰我的痛苦。姊姊在这段时间成了稳定我、支持我的重要的人，我不但变得完全信任她，也告诉她我的生活状况。三月十三日那天晚上，我哭着说："姊姊，这些年别人都一直在伤害我，我不行了，我的精神在败坏，姊姊，姊姊，我好孤单啊，我在为你们努力活着，可是这次太严重了，我恐怕随时会死，所以我才打电话告诉你。如果我有什么危险，请你帮我照顾爸爸妈妈。"

她泣不成声地说："你并不孤单啊，那些人伤害你，抛弃你，你还可以随时回家啊，你还有我和爸妈。你要是有什么三长两短，你叫我怎么原谅那些人，你叫我怎么跟爸妈交代，你叫他们怎么受得了？我只知道我妹妹一直很勇敢，这是她自己所选择的一条路，她会勇敢地走下去！"那一通电话之后，她又给我打了几次电话，兔兔死的第三天，她也刚好打电话来，给了我重要的支持。三月十三日我也打了一通电话告诉妈妈我书读不成了，非休学不可，妈妈竟然温柔地说好啊，读不下就回来。三月十五日爸爸打电话来简短地说，他只要我身心平安，任何事情他都会替我出面解决的，家里也随时欢迎我回去。我也重新恢复照顾小妹，我知道这个阶段是她正需要我的指引和鼓励的时候，我从东京打电话给她，没告诉她什么，只说我来找小咏，小咏对我很好。她说那很好，还说要给我寄中文键盘来。我觉得惭愧，留学法国两三年，一直没好好听她说话，跟她说话，也没继续作她那"探索自我的窗口"，使她变得愈来愈没办法对自己诚实，使她的生活里那些人文艺术的部分就此停滞，唯剩科学，我想除了依赖立颖之外，她的灵魂深处是不被了解，空虚的。九二年底她曾经希望我把所有的书放在她那里，我没这么做，这差不多是将大学四年我和她共同拥有的文化记忆给剥夺了，作为我大学时代主要的文化同伴，这个认来的干妹妹是要暗自伤心的吧？此后，我竟也不再去给予她营养，不再去照料她的心灵，我以为她会完全不以为意，其实不是，她只要我活得较幸福就好，她是接纳我的，但却从不曾对我显露她深沉"失落"的情愫。我不知道自己这几年是着了什么魔，竟然把足够同时分给好几个人用的营养，全都"过剩"地集中到同一个人身上！

【记事】

在巴黎的生活也开始开花结果，连一直不肯对我开放的恕人，搬家后消失已久，最近也自动出现，并且告诉我他很喜欢我的第一本长篇小说（这是最近第二个这样告诉我的人，另一个是出版社的编辑，这使我明白这本书是真的可以安慰到人），还去找了我更早的短篇作品来看，但是看不下去。我告诉他我正在写一本更好看的长篇小说，而且要出版另一本短篇集。我说短篇看不下去就不要看，等着以后给他看新长篇。我们也约好这个礼拜五到他的新家去，我期待听到他的生命，以及他对我长篇小说的看法。我想假以时日，他或可成为翁翁之后我第二个男孩死党吧。

【档案】

星期天晚上，轻津带我去一家叫"Le Criée"（叫卖摊）的海鲜餐馆吃饭，她问我：

"为什么还要给一个不值得你爱的人写信？"

"或许跟这个人无关,是为了我自己的爱,轻津,你懂得'结婚'不是一纸证书、一种形式,而是一种对自己的许诺吗?"

"我懂,我太懂了。可是,你知道这个人没有一点值得你再爱的吗?"

"我知道!"

"那她到底能给你什么?"

"她什么也不能给我。"

这将是我从东京回来之后最后一次看到轻津。五月十日,她将搭机回台湾看儿女,进行工作,六月底才要回法国,并且搬入她自己名下的公寓。经过好几个晚上的坦诚交谈,我和她已经达到"完全沟通"的水平,一个礼拜前,她给我寄了一封信,我拖到昨天星期天才给她写了第一封信,轻津对我的示爱已再明显不过,剩下的是我的回应了。昨晚谈到十二点半,我送她回家,在门口我并没吻她也没说什么进一步的话,但是我已知道她是会像玄玄一样无怨无悔深爱我的一个女人。搭出租车回家的路上,街灯迷蒙,我想我在 Strasbourg 许愿要一个有能力并且主动来爱我的女人,真的是出现了,像奇迹一般!我回想这几个礼拜来她巧妙的出现,以及我新体验到的她,我尚不知我能否对她给出"真爱",但我确信她是我跌撞多年,第一个足以爱我的女人。我并没有告诉她我在等她从台北回来，我没有流露半点她回来之后我可能会改变我和她的关系，我可能会爱她的迹象，因为我一直在说服她爱欲倾向是不可能突然改变的，表现得如同我是一个光明磊落的朋友一般……我的不动声色使她以为是因为她年龄的关系，使她以为我之所以爱小咏与絮是因为年轻女人的 physique（身体）的关系。她受到我太多暗示，误以为这是一个绝望不可超越的关键；她听到太多太多关于我对絮彻彻底底爱的言语与情节，她在这"爱的墓碑"之前受到深深的钳制而手足无措……但是我从没说出真话，即：她是足以适合于爱我的，而我是可能真爱她的，年龄与 physique 都不是问题，是我需要时间，需要时间在我的爱欲里寻找出一个永远不会伤害她，不会如玄玄所遭遇的那般的位置及可能性。

她不知如果我能爱上她，那未尝不是我的大幸福，因为她具有所有我爱过的女人共所欠缺或分别欠缺的所有条件，而可以爱我；她不知站在我的独特命运上，正是因为她们共同与分别拥有的那些属于"年轻女人"的欠缺，使我不幸，而她们所欠缺的似乎也唯有等到了轻津这样的人生点时，才能补足吧？更何况并非每个女人都能像轻津这样经历过完整、丰富的人生，且能脱落一切凡俗的迷障与羁绊，拥有一颗如此自由飞翔、晶莹剔透、洞穿真实的心灵……她不知她的这颗"心灵"正是我所需要，正是我在女人身上遍寻不着的，也是一个女人在年轻和 physique 之上更值得被爱的……

她问我会再接受什么样的女人，我说第一我能真的爱，第二无论山崩地裂、天打雷劈就是"要"我"要定"我的女人，其他的都趁早走开，敬谢不敏……她微笑。她在我面前显得如此卑微，除了年龄和 physique 的心结之外，更由于她如此看重我灵魂及创作天分的价值，她的看重是由于她遍历人生及他人之后所领悟的价值，所以她对我的了解与欣赏令我心动。然而她不知她无须如此卑微的，我只在信上告诉她："我要你为自己骄傲，并且继续昂然盛开！"但我并没告诉她如果我能爱她，我会真正让她在我的爱里更体会到她自己的价值，并且燃烧他人不曾使她燃烧的那一部分，而且，我也要让她知道一个爱她的人不可能不爱她的身体，也不可能因为她的年龄而抛弃她！想来多么令我感到疼痛，一个如此的女人竟要被这两种深深的自卑而烙印而捆锁！她不相信之于"真爱"，那些真的一点都不重要；我非但如此相信着，我也确实在我的"真爱"里体验到如此纯粹、无垢的东西。"真爱"不只是针对特殊对象，更重要的是一种能力，是一个人本身必须具有这种能力的人格啊！

　　临别前，我说论文写完我将独自到希腊旅行。她要我写慢一点，等她从台湾回来，带她一起去，她一直愿望着与我一起去欧洲旅行。我说好。我们并且约定等她七月回来一起到 Deauville / Trouville 去度周末；那是她和法国先生曾经度过每个周末的地方，也是我独自去过两次的海边，她在那儿买过一艘二十五万法郎的大帆船送给先生，她也拥有帆船的驾照，她说到时要教我驾帆船，并且整夜不睡在海滩上夜游，她将为我做一名最佳的导游……然而，她不知，我在等待，等待这两个月，为她准备，准备"转世"的另一个 Zoë 的身份，希望七月给她看到一个抽烟斗，留长头发，骑脚踏车，热衷学小提琴，重新恢复创作小说，并开始按进度写诗，每天可以关进"办公室"进行论文，法文慢慢追赶上她，交游广阔，个性欢笑开朗潇洒，俊秀漂亮的 Zoë……她不知我正渴望向她学习生活与工作之道，那是她无论如何都可以带领我、教导我的……她不知只要我开始试着将我的灵魂给予她，我就能热爱她的身体，而这才是我不能说出口关于自己最大的秘密……而在 Deauville / Trouville 的夜之海滩上，如果我可以"转世"成功，她不知我将要吻她……这一切她都不会知道的。

第七书
五月二日

絮：

刚刚和室友们一起看了总统大选 Chirac 和 Jospin 的第二回电视辩论，顺便帮这一家人做翻译，我的法文程度刚好可以听得懂，虽然第二个关于经济和失业问题的辩论还有些细节听不懂，但已够满足大家对辩论内容的好奇心。我的听力现在让我觉得看电视新闻是种莫大的享受，这也是我在法国熬到第三年所付出代价换来的。由于兔兔的事，我进一步地对阿莹开放且信任她，稍稍改变了我在这里居住的紧张气氛。如今阿莹和我很有话聊，做饭、植物、动物或是购物与美术，未来她还计划制作小礼物和我一起去摆摊子，她也很照顾我的饮食，所以住在这里慢慢地有了"家庭"的气氛。四月底，阿莹生日，我去买了一个早就看好的古铜色猫形烛台，花店给我配了一根米色蜡烛，又买了一小张猫卡片、一小块蛋糕，写了一些小话给她。结果她很高兴，我也很高兴。我觉得自己愈来愈容易爱到别人，且能量也愈来愈大了。我在巴黎的生活仿佛进入一座繁花盛开的森林，我将能热爱我在巴黎的这份生活，以及我在这边一切新的想象，和我所关联的工作，和我所关联的人们，还有巴黎所供应我的这席丰富的飨宴，我也准备继续在此长成一个完美的、为我自己所尊敬的成人。

* * *

絮，我是个艺术家，我所真正要完成的是去成为一个伟大的艺术家（就像我在电视上看到 Chirac 的眼神，我相信他那种领袖的眼神与气度是自己长期培养出来的，并且他的生命所要到达的那个点，也必定是从他年轻时就一直朝内注视的目标）。我所要做的就是去体验生命的深度，了解人及生活，并且在我艺术的学习与创作里表达出这些。我一生中所完成的其他成就都不重要，如果我能有一件创作成品达到我在艺术之路上始终向内注视的那个目标，我才是真正不虚此生。

絮，或许你曾经朦胧或暂时地，明了或帮助过我所归属的这种艺术命运，但终极来说，艺术文化或艺术之命运，对你来说，是无甚意义的，你自己的成长和生命所提供给你的人与环境，可说是完全与我所热爱的这些无关。但吊诡的是，你却又活在某种社会阶层，而这个阶层正是努力地在消费艺术文化，并且将这些当作打发生命烦闷的重要消遣与阶级装饰。正如早期我曾提及的，我之于你可能就是一种收藏的装饰。如今，你或许还愿意基于这种收藏之心而善意地了解我，但是你的家人朋友却永远不可能了解我，了解我对你所付出的，了解我的价值；我与他们完全是两个不同世界里的人，所以，请你阻止他们再继续劫走拆阅我的信，也请你阻止他们继续在电话里欺骗我而又表现得若无其事（虽然我已完全不需要再打电话给你了），也请你停止说这些只是"开玩笑"吧。

停止吧，停止这些不公不义的事。停止吧，没有一个人应该遭此对待！或许你自认活在一个舒适、宁静、完美的家庭乐园里，但是，某种深刻的"虚伪性"是的确存在其中的，也唯有我这个外人才会活生生地遭逢到这些，而你只是无忧无虑地坐在那儿说：没什么不公不义啊。我原本与你的家庭成员没任何关联，我也不须和他们有什么关联，我更无须对他们置一词，最后我也没必要接受他们如此的恶劣对待，但是，是你硬将我拖进这团陷阱的，你叫我不得不与他们接触，而使他们有机会伤害我，你向来懦弱于为我争取什么，也无能于叫你的家人朋友们明白这些伤害是不该的，而这个月更是精彩地与他们联手，放任我赤裸裸地被人撕咬。在我与你的关系里，你既然无法使我处在"只需对应你"的境况，你如何能再软弱地不愿保护我，你如何能乡愿地埋在沙里认为一点事都没有，或说一切都是我不是？从来你都被我保护着，这些不公不义的滋味都轮不到你来尝，所以你仍可坐在那儿好整以暇地说，这一切都是由于我太"偏激"了。天知道你这样说正是最大的不公不义！

其实，你的家人朋友曾经对我表现过的无知伤害，我并不介意，我可以轻易挥去，可以再度微笑，因为我对他们并无所求，我也不愿意他们因我的存在而被伤害，我对他们更无成见，或许我因为不公的对待而批评了这些对你重要的人，但我说的都是真话，并且毫无恶意。从来之于你周围的重要他人，我都是诚惶诚恐地善待他们，我别无选择，因为你不能不把他们拉进我们的关系里，我也不能不去与这些人接触，使他们也可以接受我待在那里。我一直恐惧我与他们的关系产生冲突，将使软弱的你更增加了抛弃我的筹码与借口，但是，如今我明了，我其实不须如此可悲地担负着你的软弱，因为如此软弱的现实中的你，并不值得我如此承担，而我所爱的也并非是你的这一部分。

＊　＊　＊

这个月真正令我"伤透心"的，不是这些人对我丑陋的对待（人性中的丑恶与不义我并非不曾经历过），而是你站在这背后，是你放手任他们如此待我，是你和他们心照不宣地达成这桩"封杀"我的默契！若不是你同意如此，我相信没有人会敌视封杀我到这地步的。你放任你的家人封杀我一事，使我夜夜跌入嘶吼叫喊的噩梦里，更由于事后你仍佯装无知与无辜，使我的"自尊心"完全被践踏碎尽，除了全力控制内心对你的极大怨恨与自毁欲望，除了为这"控制"去努力之外，我一点也不屑再对现实中的你提及与此相关的事。不是再经不起伤害，相反地，你再继续做更多背叛我的事，你的家人们再继续对我无理，再继续拆我的信，更甚是你们一起把我的信丢进垃圾箱或退还给我，或是你再继续对我述说多少谎言，都一点不会伤害我了。我只要微笑，微笑再微笑，因为我根本不会再被伤害得更多，我不想在现实上跟你们有何关联，我更无求于你们什么……我只是寄信给我所爱的灵魂，寄给那个与我灵魂相关，我也允诺过要永远爱她永远在她身边的灵魂罢了。（如果你和你的家人连这些可怜的信都要赶尽杀绝，那我也无话可说，我就不再寄信，过我自己的日子，把你和你的家人都丢进垃圾箱。）我只要相信我所爱的那颗灵魂已经收到我的讯息，知道我心的始终如一，这样就好了，形体上我已没有要求。

就任你们继续做你们高兴的事，我只想告诉你有两件事是我没必要再继续承受的。一是停止。无论你能否勇敢地去阻止，都请停止他人再收走我的信，停止。他们没有权利侵犯我的内心世界，如果你也不是那个我所要寄信的灵魂，连你也没有权利窥看我的内在，没有权利的。我请求你秉着基本的正义之心，阻止这件事再度发生，你们不愿收到这些信，只需说明并退给我，正如你们不欢迎我的电话，只需明说，完全没有必要大费周章地演出那些人仰马翻、欺骗的可笑闹剧。一切只需明说，不须累人累己，还拖你的家人朋友这么多演员下水，使大家无限厌恶且疲惫不堪，真的不必如此的。明说或许需要勇气且伤感情，但是逃避、迂回曲折、做作、欺骗种种，之于我，这些带来的是更基本人性的伤害，因为没有人活着是愿意被他人如此对待的，这是基本的道理，其中并无什么复杂、高深的大道理，也没什么好"不知道""不能控制""混乱"或"需要时间想清楚"的。

第二件事是你不须再来对我展示有关"背叛"的内容，我相信没有另外一个人会比我更了解你的过去、现在及未来的内心或欲望。我说不须，不是因为我不想更进一步了解你，也不是我拒绝与你沟通（相反地，我所信仰的正是我们彼此之间的沟通与了解），更不是我害怕那些东西再来伤害我（不会的，我已在第一书中说得那样清楚）——而是以上帝之名，你实在没有权利再在我身上玷污我了，你完全没有权利再玷污我的！你要玷污你自己，玷污我给你的白璧无瑕的感情，玷污你在我心中美丽纯洁的记忆与形象，那是你的自由，你也已经"无可抹杀"地玷污过我一次了，你再无权利来对我展示或述说什么玷污我这个人的情节言语了。如果你仍要继续如此，我对天发誓，我再不会打骂你（我已被玷污，完全失去可以打骂你的"纯洁性"了），我只会忍耐着你。

* * *

我内心有一种直觉，直觉到关于"玷污"，你将会明白我在说什么。因为这可能正是你最痛苦、最不敢去面对的一点。我也相信，这是我人生第一次真正的"崩溃"。因为那是我人生第一次被玷污，是真正一个人的"纯洁性"被玷污，并且是以一种最野蛮、最狠暴、最丑陋的方式给奸污，正像一个处女被强暴……所以我彻底崩溃了。虽然我明白透过许多他人的爱，我可以将我自己的身体灵魂修补起来，我也还能继续纯洁地对待人世，但是，我知道我所拥有的是一种被强暴、被玷污过的纯洁，无论如何，我都是一个被强暴过的处女……而这也正是我所无法拭去的哀伤啊！

　　过去我打骂你，正是因为我内心有着那么大的恐惧、抗拒、挣扎和不愿意的吼声，不愿意你来玷污我啊！而如今我既已被玷污过，你既已痛快地强暴过我，我也就平静下来，我不再反抗，不再挣扎，我不再大声呼吼、咒骂、咆哮、求救，我也不再哭泣，我甚至不再欲望在你强暴我的那一刻就立即死去，就立即杀死我自己——以比你更残暴的方式来杀死我自己，我也无能欲望以任何方式再伤害你这个人，正如《雾中风景》中被拖进卡车里强暴的小女孩，她从昏迷中醒过来，只是安静——之后就开始展开，懂得卖淫，知道自己已被迫肮脏，然而也并非真正觉得自己不纯洁，只是哀伤……我是真正不须打骂你了，我只能忍耐再忍耐你要如此地存在于世界，并设法不让你继续在我身上玷污。

　　从前懵懵懂懂地写过《红蝎》，是描绘到这一庞大主题的一小截外观，然而，怎么样也没想到，正是为自己的"纯洁性"预先写好讣文……也许写在这儿的这一段落才是《红蝎》的内面世界，如今我也才能真正为其中的男孩呼喊出他的痛苦和声音。创作世界多么奇妙，相隔四年，我竟经验到同一主题的"声音与现象"（La voix et le phénomène）。关于我在这次崩溃中所体验到"玷污"的主题，我真希望可以用一本高度象征性的长篇小说来表达完全，像安部公房的《他人之脸》，那也正是你所给予我的爱情高潮。如今我明白我的"纯洁性"并不仅是在肉体上（或许没有人能因肉体，或在肉体上玷污我），而是包括更多更多，我的"纯洁性"是我的肉体、精神加上整个生命，我并不曾完完整整地将这个白璧无瑕的"纯洁性"付给他人，而是付给了你，所以唯有你能玷污我啊，而你也竟然如此做了，所以才真正将我推进疯狂与死亡！（想到这里我仍然不寒而栗。）

（至此，我当然完全明白这一趟人生，我确是选错了人，大大地错爱了你这个我选来的女人。）我说过不再怪你，但是我不能不"怪"命运对我做这样的安排，因为我无法"怪"自己，我其实没有"选择"的余地，遇到你的那一刻，那命运就掉下来了，一秒钟也不容我"选择"，那是属于命运的主旋律，掉下来就是掉下来，我怎么也逃不掉的（尽管是现在，我都还在这主旋律里，我仍在为它谱曲，我仍在面对它），我只是伤心这种"安排"……伤心那年我毅然决然背负了"玷污"玄玄的天大罪恶，伤心这一切我所付出的代价，及玄玄所承受的身心痛苦，如今又加上你也来痛痛快快地玷污我（更是青出于蓝吧），两份无瑕的纯洁，竟全都付给你这个人，全都任你这人糟蹋了！我竟将这两份"纯洁性"的意义交给最后我完全无法尊敬的你，而你又是采用一个我一点也无法瞧得起的年轻人来作为理由践踏这一切！在这个令他人崩溃的恶意过程里，不见你的人性光辉，也没见你表现出对任何人毅然决然之魄力，更不见你对任何事表现过什么真正破釜沉舟的担当，只换来长长过程里你头埋沙堆两腿发抖，以及事后之于这一切闹剧与混乱的迷茫与逃躲———切我所背负的罪恶，及我所付出灵肉痛苦的代价，只是换得我自己白白无意义的牺牲啊！我怎能不"怪"命运对我的这种安排呢？

我并没有要"审判"你，或是给你定罪名。没有谁可以给谁定罪名的，就像玄玄也不曾对我定过罪名一样，她能再善待我的方式唯有对我永远保持沉默，正如充其量我能善待你的方式，也唯有让你真正明了这阵子以来你在我内心所刻下的"景观"。

是的，那是一幅巨大的"景观"。每一个人都只能也必然要为自己做过的事负责，而且，那负责是独自在自己内心进行而无关乎他人的，这是我这次明白的。我要很释然地说：从头到尾，我确实为我之于你的爱付出了完完整整的代价，之于我背弃他人选择爱你的犯罪负起了真正的责任。至于你的人生，要如何进行你之于这个伤痕的"负责"，那是只关乎你自己内心的事，我除了爱你之外，是永远不能"审判"你的，唯有你自己才能"审判"你自己。

* * *

关于"罪"的主题,我只能告诉你这么多。

第八书
五月四日

【档案】

今天清晨当 Laurence 走的时候,我哭泣不已,我也不明白自己到底在哭泣什么。这种哭泣我要一辈子记得。我想我确实等不到絮打电话给我,或是寄给我只字片语的讯息了;自从兔兔死后已经又过一个星期,我仍然没有她半点正向的响应。我的人生将被完全推进另一阶段的旅程了,经过三月十三日而后又走到今天的冶炼,我想我对于人生的想象,正在离开这两三年来我对絮的想象……

昨晚是第三次去参加那个专属于女孩子的宴会,也是我第二次进去办公室参加她们主持行政事务的小组开会,可是每次表决时,因尚未交会费也未成为会员的关系,我总是不敢举手表达"Pour ou Contre"(赞成或反对),所以其他成员都会特别看我,但通常是友善地微笑。我跟她们在一起很自在,我也很喜欢,觉得这个中心好像我在巴黎的"归宿"。鸡尾酒会前她们还请了 Geneviève 来演讲,

Geneviève 是一个我看了就会由衷微笑的老牌女同性恋（同性恋这三个字其实是唯有在政治上才有意义的修辞），而且她也是一个以"同性恋"为标榜的政治人物和出版家，她的出版社就叫"Geneviève Pastre"（日内维耶·帕斯特雷），专门出版女"同性恋"及女性性学方面的著作，非常 radicale，人非常温柔且词锋利落，令我感动的一个人。

　　Laurence 是小组里的几个领导人之一，讲话铿锵有力，配合着手势，还有那随意削薄的棕色短发，模样像极了年少时代第一次到我家里来的水遥，尤其昨晚 Laurence 又穿了一件及膝青褐色军用布的半长裤，身高和水遥、小咏都差不多高，整个叠合上我对水遥的最原始记忆……我一眼就看中她，从前两次来也都一直偷偷注意她，然而她并没正眼瞧过我一眼。她开会时常常跑开，看起来冷傲不合群，事实上却是一个很勇敢的人。第一次会议上，她提议到各大学里放映一部女"同性恋"电影，并征求一同前去的人，但没人愿意做这种单独公开暴露身份的事，于是她就洒脱地说："好，没关系，我自己去。"今晚 Geneviève 演讲时，她时而站在远方冷冷地注视 Geneviève，时而消失进了吧台后方的洗手间，我猜她是在洗手间里和其他小组成员亲热……我想我就是看中她这调调，完全逸出水遥的性格，却又装在水遥的外形里。

　　晚上九点，灯全被熄掉，工作人员就在演讲厅里的各个角落点起蜡烛，吧台后面开始传来慢舞的音乐。我慌忙地收拾起大衣、围巾、帽子和背包准备逃走，因为我不认识这里的半个法国女孩，又不敢提起勇气去邀请任何人跳舞，而成双成对的女孩将在烛光底下深情拥吻，我很尴尬……Laurence 突然走向我：

"Ne partez pas! Vous pourriez danser avec moi? 不要走，你可以和我一起跳舞吗？"

"Je suis pressée pour voir un ami chinois qui habite près d'ici. 我赶着要去看住在这附近的一个中国朋友。"

"Il n'y a rien de pressé. Vous avez l'impression très seule. 没什么好匆忙的，您看起来很孤单。"边说她边走过来，大方地牵起我的手，走向厅中。

"Parce que j'ai un cœur brisé. 因为我的心破碎了。"我回答她说。

我很讶异自己竟然有勇气一开始就信任她，或许是因为前一晚，我才给絮写完了那封我迟早会说出口的、关于"玷污"的、内在景观的信罢。

*　*　*

我到底在哭泣什么呢？是在哭泣我去东京那一个月小咏以及昨

晚 Laurence 所让我明了到的关于我生命的基本道理吗？它竟然使我此刻萌生强大的抵抗心，不想把这封信寄出去给絮了。蒙马特的天色已亮，我等会儿不想散步去邮局将信喂进那"当日寄发"的口袋，所以就不完成这封信吧，直接跳到明日的那封信……

【记事】

刚刚清晨六点半时，我给自己煮了一包米粉泡面，加入一小颗法国白菜（就是兔兔吃剩下三颗里的最后一颗，那可能就是导致兔兔死亡的原因）、三分之一鲔鱼罐头、半罐洋菇罐头、一颗蛋，再倒进昨晚永耀吃剩的"炒碎鱼"渣汁，站在厨房里洗掉鱼锅，又剥了一大颗法国柳橙来吃，边浏览室友放在厨房外边要卖的旧书。从东京回到巴黎之后，常常到 Camira 家去吃饭，她是帮助我从消沉中再站起来的一个重要朋友，煮饭时她常貌似权威地说："Cuisiner c'est l'invention! 做饭啊，就是发明。"然后就把冰箱里所有莫名其妙的东西加在一起，每次想起她那副可爱模样，我不禁莞尔，不知不觉中，自己做菜也愈来愈有她那种把莫名其妙东西加在一起的"盲目"倾向，且还会自言自语说："Cuisiner c'est l'invention!" "朋友"这种东西的"带源传染性"真可怕。

吃掉那锅"发明"米粉之后，打点整齐，戴上我的小棒球帽，下楼去打电话给小咏，是她那儿的下午两点左右，时差七个小时。从东京回来三个礼拜，我每个礼拜给她寄一封信，约星期三（或四）给她打一张五十单位的电话卡，连带地也开始每周六晚间打一张五十单位电话卡回家。这两方的"人马"都仿佛重新捡回我一般地受宠若惊，我想自己真的是在改变……整整三年了，我既没和小咏相见也吝于给她任何讯息，因为我们放弃了彼此；而来法国之后也是绝少打电话回家，因我将所有钱都攒下来仅打电话给一个人，仅给一个人写信，也仅给同一个人寄大大小小的礼物……

打完电话之后有些恍惚，沿着 Rue du Mont. Cenis 朝向与 Mairie 相反的方向散步到 Albert Kahn 广场，再顺着下去就是跳蚤市场所在的巴黎最北方 Porte de Clignancourt 了。Montmartre，蒙马特区清晨最鲜嫩的美，在我为絮写这批信（最后的一批，也许）的这一个星期以来，总算被我采撷，因为我常在夜尽晨曙时，散步去邮局投信，然后再绕路散步回家……从广场再转进 Duhesme 路，站在一家小 Café 窗间的细镜子前凝视自己，脱下帽子，摘下眼镜，欣赏自己表情地演唱一首古老的歌……唯有白发愈来愈盛茂，唯有笑时嘴角两道皱纹愈来愈活陷……我是美的吗？我足够美了吗？……白鲸四月初看完《鹳鸟踟蹰》之后告诉我她的心得，关于马斯楚安尼 (Mastroianni) 和珍·摩侯 (Jeanne Moreau) 两名男女老牌演员重逢那一幕：突然自请下野的政治家消失多年之后，被一位电视记者发现他默默地隐居在希腊北边边界的一个小村落里。村落里居住各个国籍的难民，记者带着政治家的妻子前去辨认那人是否就是消失的政治家。当电视摄影机对准两人重逢擦身而过的那一瞬间，妻子对着摄影机说：

"C'est pas lui! 不是他！"

白鲸说"C'est pas lui!"是因为政治家的妻子从前曾告诉过他，若她不再能从眼神里知道他在想什么，那么她也就没办法跟那个他做爱了，而在他消失多年后，桥上陌路相逢的这一瞬间，她的确是无法从他的眼神里了解他的心了。"C'est pas lui!…"多可怕啊？多年后，谁还能从我的眼神里认出我是我来呢？

"C'est pas lui!"

絮有一天也会这样惊惶叫出吗？

第九书
五月七日

Clichy

Clichy 跟兔兔一样是纯白的,它是我和絮及兔兔在巴黎的家。Clichy 是十三号地铁线出巴黎市郊的第一个站名,我们在这里建筑起我们爱情的理想。然而,我失败了,并且败得很惨,失去的是全部我对婚姻及爱情梦寐以求的百分之百想象,失去的是一个我梦寐以求的女人,加上"兔儿"——我对她溺爱的象征及延伸,我们从塞纳河的 Pont Neuf(新桥)买回来的兔兔。

我原本就唤她"兔儿",她被我深深地溺爱。

我从不曾也再不可能那样去溺爱世上另外一个人,这是我整个身身心心再清楚不过的一件事,也是我生命中最幸福的、一个已显现的谜底。

然而一切都是咎由自取。我使她在 Clichy 不快乐,我不能忍受她在 Clichy 对我的不爱，因她随时想抛弃我和兔兔离开 Clichy，我变成一只狂怒之兽，最后陷入疯狂状态地伤害她……所以当我送她回台湾后不久，她就迅雷不及掩耳地背弃了独自回到巴黎的我，立即投向他人，是咎由自取。

因我从不曾也再不可能那样去伤害世上另外一个人。

这超乎寻常的溺爱与伤害，都注定使我失去她，我既无法减少对她的溺爱，更无法让自己忍受她对我的抛弃，忍受得再好一点，因为唯有那样才能挽救我之于她的伤害。这一切，被抛弃、被背叛的命运，我唯有眼睁睁地束手待毙。我没有办法不失败，我帮不上自己。

在台湾我曾告诉小妹，我写信给巴黎的五个相关中心，问他们卵子跟卵子以目前的科技可不可能生育，她站在大学的理学院大楼前大笑不已，说她会为我努力"开发新科技"。在东京我又和小咏提了一遍，她又好气又好笑地骂我："你想孩子想疯了？"是的，从没想过自己可能生一个孩子的我，确实梦想着生一个长得像絮的女儿，而且是只像她，特别是在 Clichy 我开始意识到她不再爱我的时候。

我想要一个人类，一个会一辈子不离开我的人类，完全像她的一个人类。我也不明白为何一定是像她，而不是像任何的另一个人。我想唯有是一个像她的人类我才能爱得那么好，无论这个人发生任何变化,生老病死,我都能恰如其分地爱她,照顾她,为她做一切的努力,且持续我的这一辈子。我渴望有一个完全像她的人类会一辈子需要我的爱及照顾。

我能如此溺爱她,不是由于她是最完美的,不是由于她是拥有条件最适合于爱我的;在他人眼中她可能只是一个平凡的年轻女子。是由于她使我的爱欲成熟,是的,这是我一生中无论如何不能对自己抹灭的里程碑。

长长地,我们曾经完美地相爱,我们曾经建立起如我梦寐以求、如我深深欲望过的爱情的结合体,我们确实天衣无缝地身身心心相结合,我们确实一起胼手胝足地实践过我们对爱情共同的理想,从我留学法国前几个月认识她,到我在法国中部时,我们确实是爱彻心肺地一起住在爱情的天堂里……我知道我自己不可能如此完美地去与他人相爱,我也不再可能如我所欲望过的那样去与他人创造爱情的结合体,并且我明白在我自己的内心里,更深深地在抗拒着如此的可能:"我不要。"尽管她走了,独留下我在此,尽管她令我伤心令我毁灭又令我深恨,但我并不觉得自己就不再在这"结合体"里,不再是这"结合体",就不再有这"结合体"了……

正是由于如此,整个过程都在使我的爱欲成熟,由于她的具体存在,我体内爱人的最大潜力被释放出来,爱人的最大能量被打开,且镌刻地"指名"于她。因她，我爱欲的能量变得太庞大，我的生命形成太开放，所以我能如此地"净化"（catharsis）她这个生命，我能如此"胜任"爱她这个生命的责任，并且游刃有余地，随时都能感觉到还有更多能量要给她，还要更爱她！

然而一切都是"指名性"的。我明白我不能再那样觉得另一个人类是如此美，令我能爱她的眼、额、嘴、发、手、脚，她的面容，她的身体，她的声音，她的气味，她行为的一举一动，她说话的表情模样，她的穿着打扮，她安排空间的审美性，她和他人相处或和动物在一起时的和谐感，她性格里最深沉的一种令我悸动的品质，她那和我相通的对生命的悟性与灵性，以及她照料我、聆听我、给予我、爱我的独特方式与禀赋，即使是我在最深恨她而打骂她时，我都痛苦地感觉到她之于我是过于——

五月八日

I

刚刚三十分钟内我所领悟到的事情可能将成为我一生中重要的转折点。

是关于我自身内"性欲"这个庞大主题的一个关键。但我还没准备好对絮述说。

自从 Laurence 第一次进入我的身体,我就承受着极尽庞大、几近要将我自己压垮的、智性及身体上的负荷,那是自我朦胧梦魇般的年少时代以来就不曾再经受过的,之于智性及身体上双重的"不可穿透性"(imperméabilité)的痛苦。尽管我已淬砺了高强的自我领悟性,但是,自从那一次之后,我的智性及身体所要求我必须理解经验的,之于我是太尖锐了……

II

那一阵子姊姊从台湾打电话来告诉我她已寄出我所要的CD，她说最近睡前必须数一阵子佛珠才能让自己睡得安稳，否则老梦到有人死……打电话给小咏的那个清晨，她说正等着时差要打电话给我，没想到我自己就乖乖打来了，她说她整晚一直梦到我的棺停在她家门口，可是从头到尾都看不到我的人……小妹也说今年年初梦见我在她梦里喊好痛好痛！（那刚好是絮在巴黎令我痛到最痛点的时期）……小妹的潜意识总是最准的，她总是在潜意识底层护卫着我的性命，这样的关联性已持续了六年。而姊姊所梦到死亡的人是和小咏所梦到的相同吧，都是我，她们是自从三月以来最强烈接收到我生命底层求救讯息的两个人，也是与我的肉身存在最深刻相关的两个人，一个是我的亲手足，一个是从我认识她的第一刻起就感觉她需要我生命的一个人，这样的内在关系也持续五年多了……是的，姊姊和小咏都是对的。连轻津都接收到我求救的讯息，我从东京回到巴黎的第三天，就神秘性地接到她的电话，她并不晓得这其中的神秘性（我已和她失去三个月的联络），那天晚上她带完全吃不下食物，又任意服用安眠药的我去吃晚餐，最后我问她为什么要来接近我，她微笑说因为她一直接收到我对她求救的讯号……

求救，是的，我是在求救！从九四年八月我开始明白絮在以一种秘密而残酷的方式进行对我的背叛以来，我就走进一条死亡的漫长暗巷,我就明白我极可能会死,而三月十三日我与它相贴着薄薄的细膜而共同存在过,去找小咏之前的那十天,它也仿佛随时可以将我取走,我活在难以形诸文字的对死亡的颤栗深渊里,真正是第一次面对到自身生命里,精神和肉体双重都被毁灭的,关于"死"的最大"可能性"(相较之下,从前所经验到的都只是一种死亡的"意愿性",重大车祸时所遭遇的也只是仅关肉体死亡边缘的一种"可能性")。直至如今,我也不明白自己是否已走出这"死亡之暗巷",更早以前,我刚回到巴黎的三月初,我常晚间十点左右到塞纳河边散步,那时我就常在心中看到自己在写一本小说,名字是:"致我所深爱人们的遗书",我看到我在给每一个人的遗书中的最后一行写着:"救我!"

然而,这本遗书中并没有要留给絮的只字片语。

我想如今的书写行为是最后一场试着宽恕絮的努力,如果连这最后宽恕她的努力也失败,我也不可能活在一个如此深恨她的躯体里,我必将死,死于一场最后的和解行动,与我的生命,与我最深的爱恨纠结和解,这也是能与她的生命和解的最后方式,而她也终将因我的死亡而自然地回到对生命严肃与真诚的品质里,在那里,不再有宽恕的问题,那儿正是我们相爱的根源地。否则,即使我侥幸活着,也只能以最最残酷的方式将此人彻底放弃,彻底自我生命中抹除,因我爱她太深,而她对生命的不真诚之于我,之于我的存在，伤害都太深。

这个"宽恕"的主题，关系着救我自己，也关系着救絮。

III

读到马库色（Herbert Marcuse）在《爱欲与文明》里讲的一句话："爱欲所指的是性欲的量的扩张和质的提高。"我非常伤心……

我的爱欲，之于一个具体对象的要求，似乎是不曾被满足的。我突然这样明白，且非常伤心，非常非常伤心……我正是因为这样的"不被满足"而一度地使水遥选择不要我，而跟另外一个人走；二度地又使立誓要全心全身地满足我的絮，后来也顾不了我会面临什么样恐怖的灾难，而以最悲惨的方式硬生生地背弃我，将性欲及爱欲双重背叛的命运强塞给我。且这一次更是荒唐可笑啊，我的命运之神不是因为我不要去爱这两个人，也不是我因这种"不满足"而要背弃我所爱的这两个人，而是因为我的"不被满足"如此明白清楚地呈现在她们眼前……哈，我竟是因为我的"不被满足"而被抛弃的。我并没有错。

或许我是因"不被满足"而经常地受挫、受苦，甚至短暂地怨怪着絮，但她从没真正相信过，她所给我的另一种东西是远远地补盖过我这个"不被满足",对我而言更重要……或许我对她发出的声音太杂乱,以至于我并不曾真正地使她明白,我最要的是她的"永在性",且正是她,而不是其他任何一个人。虽然"满足"他人或"被他人满足"是重要的,但如今即使出现一个全新的人完全能满足我且被我满足,她也不会是我最要的那个"永在性"的人。我对我生命"爱欲"的要求远远超乎"满足"与"被满足"之上,我要的是生命中能有最终最深的爱欲——是"永恒"。

* * *

絮,"永恒"是什么?"永恒"是我们能超越时间空间的限制、生死的隔绝,在生命的互爱里共同存在(或不存在),这互爱不是封死在我们各自生命体里的,而是我们彼此互相了解、互相沟通着这份互爱性,无论生死,我们在彼此爱欲的最核心互相流动、互相穿透着……这正是你的"永在性",加上我之于你的"永在性"。

我想你是不能目睹自己不能完美地满足我,且我内在对爱欲质与量的要求也无法欺瞒你,因此,从你决定要爱我的那一刻起,你就在承受这种苦与轭,我内在对爱欲质与量的要求慢慢地使你承受不住,而使你从愿意彻底给予我、满足我的藩篱内跳走,开始欲望着他方、欲望着他人,试图寻求另一个安顿你灵魂和身体的所在……我明了你对我爱的深厚性,我也说那或许是我所接收过最深的,但是，因为不足以承担起关于我的苦与轭，所以你连带地取消了我在你爱欲核心的位置，取消了我的"永在性"，或者是说，我的"永在性"根本不曾在你内心发生过。

可是，无论如何，过去你那份爱的深厚性，之于我，它唤起了一份更深的深厚性，深到我既不可能、也不愿意取消你之于我的"永在性"。因你的具体出现，使我生命被发展得如此深，深到我与你那个爱的结合体孕育出一个"永在性"的花苞在我身心里，这是生命赐给我最珍贵的财产、最美丽的幸福。我要终生养着我心里的这朵花苞，虽然我无法要求你身心里也跟我长着一样的花苞，但这花苞却是我能向我自己生命祈求到最美、最令我渴望的一件礼物，而这个礼物是你所给我的，正因你的爱，我自己的生命才长成这朵花苞，我谢谢你！

你不知我是以这种方式在底层爱着你，因为如今你在现实中的行为引起我太多一时消化不完的伤害与痛苦，所以你在现实中接触到的我都是狂怒与巨恨的火焰，然而，我实在是如此珍养着你给我的花苞，如我珍爱兔兔及其他你所给我的一草一木、一针一线或只字片语，我要天天为这花苞浇水、施肥，让它可以一直随四季自然花开花谢再花开，让你在我爱欲的核心一直是活生生、会呼吸、会微笑、会蹦蹦跳跳的……我明白我的生命必然可以做到如此（只要我先克服我的恨），我好幸福！

尤瑟娜（Marguerite Yourcenar）在《阿德里安回忆录》（Mémoires d'Hadrien）里描写希腊少年宠儿安提诺雨斯为了爱情理想，在他二十岁前为淫荡的罗马皇帝阿德里安殉死在河底，实践了他对皇帝永恒之爱的许诺。灰发皇帝在他的殉身中，真正地"一辈子在一个人身上做了皇帝"，才忏悟到安提诺雨斯的爱——

> 一个人太幸福了，岁数大了，就变得盲目、粗鲁。我可曾享有其他如此圆满的厚福？安提诺雨斯已魂归离恨天。在罗马城内，赛维亚牛斯此时一定认为我太宠他了，其实我实在爱他爱得不够多，才没能让少年人肯继续活下去。夏比里亚斯信奉奥非教，认为自杀是犯罪，强调少年人的死是为了献祭；我对自己说，他的死是一种献身与我的方式，心中因此感到既惊惧又欢喜。可是唯有我一人才能衡量，在温情深处，酝酿多少的酸涩，在自我牺牲之中，隐藏着多少分的绝望，又有多少恨意夹杂在爱意之中，被我羞辱的少年人丢回给我的，是他忠诚不贰的凭据，害怕失去一切的少年人找到了这个方法让我永远眷恋他。他果真希望借着死亡来保护我的话，一定是觉得他已失宠，才不能体会我失去他，原是给我造成最厉害的伤害。

不仅仅是安提诺雨斯以殉身的方式完成他对阿德里安的永恒之爱；尤瑟娜也将《阿德里安回忆录》献给和她一起住在大西洋岸"荒山之岛"上的四十年爱人格蕾丝·佛立克，一九七五年尤瑟娜将佛立克火化后的骨灰先铺在她生前经常披戴的披肩里，之后再包放在一只她所喜爱的印第安编篮中入土，亲手埋葬了她的伴侣，也以另一种方式完成了她对佛立克的永恒之爱。

絮，尽管你已抛弃了我，但我要和安提诺雨斯、尤瑟娜一样美，我对生命太贪婪，唯有如此的美才是生命的桂冠，我就要这顶桂冠，我渴望和他们一样美，尽管你不愿接受我所献给你的这顶桂冠，但我就是要如此建造自己为神像，建造自己的生命为殿堂，以我的方式去完足我永恒之爱的意义——那是献祭与抛弃我的你的啊！

第十书
五月十一日

　　小咏，姊姊把我要的两张 CD 寄到了。五月七日寄发的，今晨快递邮差就来按铃亲自交给我，我马上冲到工作台前写关于东京的回忆。这两张 CD 是我们一起在东京听过的音乐，我将你在东京使我经验到的爱的深度偷偷攒存在其中的三首曲子里。

　　我还在等我们在东京拍的相片，我帮你拍的，你帮我拍的，还有我们的合照；这份相片对我更重要。你厌恶拍照，是我逼着你去跟朋友借相机的，因我说你可怜，从没有过我的一张相片，这次我或许就要死了，也许来东京是你生命中最后一次能看到我，我也是特别要来给予你我生命中最后的爱的。如果你就要从此失去我的生命，你所深爱过的这个人，你却从没有过一张她的相片，你没办法想得起她专属于你的姿势、影像，那实在太可怜了，你怎么能分到我这么少？并且去到东京的我如此之美……

　　我还没收到相片，昨天礼拜三打电话给你，不敢问你寄出没，因我明白你又将我锁进你生活的死角了，你不要我写信、打电话给你，我又感觉到你那强悍抗拒所有人，在内心对所有人大声说"我不需要任何人，我自己可以活得很好！"的脾气又朝着我发射……走出打电话的邮局，我脚软地站在门口，无助地头昏眼花，难过你啊！我已变得如此无害于你，我已是你生命中较为柔软的一个人了，为什么你连我都要抗拒呢？他人既如此伤害你，你又为什么要对自己更坏，将自己原可得到的都扫落在地呢？我难过你啊！你真要叫我再掉头不回顾你的人生，再三年吗？正因我了解你，所以我才瘫软无力啊，因我不知怎么才能使你不要如此倔强地将自己放置在"爱的荒原"上，我不知如何才能不被你的倔强打败。我知道那对你有多残酷，我的决然背转不回顾于你，那三年对你有多残酷，你外在对我表现出的总是与你内在真正需要于我的尖锐地相反，尖锐地相反，而过去正是由于我被打败了，我彻底听信于你外表对我的排斥、拒绝与冷漠，所以我就此一去不回……

"被放弃比死更痛苦……"你只简单地这样告诉过我。

* * *

小咏，过去，我一直在虚构你，连你在东京也不再相信我对你的记忆了，笑我说我对你的记忆都是在虚构。然而，小咏，如果我不虚构，你敢看吗？你敢面对我之于你最狂野的爱欲吗？你承受得起你所拒绝的是什么吗？你真的敢面对我对你述说全部的真话，而不仅只是在深澈的悲哀里等待迎接我的死亡吗……

我爱你的方式，一直都是任自己被你打败……

顺从于你。不为自己争取任何权利。疼你疼你更疼你……

这你明白吗？你愿意明白吗？

我生命中最精湛处，最深邃处，也唯有你有天赋理解。

如果我都说真话，小咏，我是不是就要像太宰写完《人间失格》之后，跳河情死呢？你说要带我去看太宰死的那条河，那是在我们去近代文学馆的时候，我们看到一些太宰居住地的资料照片，也看到日本人在捞太宰尸体的照片，那一瞬间对我真是最好的暗示。小咏，我会死吗？我从小一直爱太宰，这也是你知道的，这和我对其他艺术家的爱都不一样，太宰不够好，还来不及伟大就死了，还被三岛笑"气弱"，但没关系，嘲笑就嘲笑，都好，嘲笑他的人更是常被遮蔽在某种腐烂的虚伪性里，三岛就是。我跟太宰是在同一种生命本质里的。小咏，我希望死前我可以再去东京看他死去的那条河，上次你来不及带我去的，带我去，好吗？

太宰治最厌恶的就是世人的虚伪性，也可说他是死于世人的虚伪性。他所喜爱的法国诗人阿波里内尔（Guillaume Apollinaire）也是。

太宰治常说：世人都在装模作样，世人令他恐惧。

* * *

一九九五年三月二十四日，我抵达东京成田机场。

二十三日从巴黎戴高乐机场搭乘国泰班机，经十六个小时到香港，再从香港转机经四个小时到东京。

往香港的飞机上，我坐在窗边，全身颤抖，窗外气流也不稳定，机舱里不时传来机长要大家安静坐在位置上安心等候的声音。我预感着飞机的失事，想自己身上携带的死亡气息太强烈，连搭飞机也使这班乘客笼罩上死亡的气息，整个航程机身在气流中挣扎不断，旅客和机员都面色凝重。我独自望着机舱外洁白的云，想象着飞机爆炸，我的身体在这洁白的云间肢解燃烧开来是什么样子。我一而再，再而三地向空中小姐点来不同厂牌的啤酒，虽然明知自己绝不可能睡着，但还是希望能减少任何一些，如此一分一秒炽盛地等待着要见到小咏的时光。

我全身颤抖，不是因为我怕死，相反地，我一点都不怕肉体的死亡，因为此刻肉体真正的死亡对我未尝不是解脱——自从三月十三我的精神崩溃以来，十天内我不能入睡，借着大量酗酒将身体击昏，但不规律且短暂的肉体昏沉，也只是使我坠入地狱般的连连噩梦,在嘶吼呐喊中哭醒……精神和肉体双重的痛苦太深沉太绝对……完全不能进食,勉强自己吃下任何食物马上吐出,精力全失,仿佛受到超乎有机体所能承受的创伤,内在五脏六腑都被压碎碾烂,十天里大部分时间我都关在房间里喝酒,以此消灭、镇压脑里所爆发出来的惊人的痛苦……我完全不怀疑自己这次必死。仅是躺在床上颤抖,干呕,头痛欲裂,没人知道三月十三以来,太阳穴附近的脑袋被我发狂撞裂,血流满我的左耳及发间……我深深意识到自己的必死性,打了国际电话给妈妈、姊姊、水遥和小咏,除了妈妈外,我诚实地告诉她们这次我会死……挣扎着来日本看小咏,因为那是我死前两个心愿之一,以自由之身来将我尚未给过小咏的热情给她……

飞机出发的前一天,我振作起来,去 Camira 的家庭医生那儿拿了一个月份四十颗安眠药,医生很安静很温柔,要我躺在检查床上为我做一般身体检查,拉起我衣袖时发现我手上的疤,及脑穴的血迹,他呆了一下,什么也没问,我也什么都没说,我想他明白我是个有自毁倾向的人,他只是不愿意我因旅行日本之故拿更多的安眠药,只有在我临走起身向他握手时,他才轻而理解地说:"Trahison?是背叛吧?"关上诊疗室的门,噙住刚刚差点要落下来的泪珠,一个陌生法国医生对我痛苦温柔的熨帖,使我胜受不住。

荒谬的是,自己在与"安眠药"最相关的领域读书工作过这么多年，第一次自己服用它，竟是从一个法国的家庭医生手里领过来药单的。我告诉这个叫 Jean-Marc Guerrera 的医生说我在这个领域待这么久的结论是："Je ne crois pas du tout le somnifère. 我一点都不相信安眠药。"他微笑不语。

最反对安眠药的我，下定决心去拿安眠药的原因，并非我想用安眠药自杀，相反地，我是要借安眠药帮助自己不要自杀。一切都是为了小咏，因我如何也不忍心她再承受第二次我欲望杀死自己的场面与丑陋。

第一次是三月十八日。那是出事后的第五天，我已决定去办日本的签证，生命开始有条动线。

礼拜六是老师的课，老师，是我这一年活在法国仰望、指引的一盏灯，是最灿烂最辉煌的一盏艺术、生命之灯。每隔两个礼拜，才得见她一次，她是我真正文学的师父，她是我的大天使，我渴望拖着破败的身体去"国际哲学院"的演讲厅里，坐在后面远远地注视她，汲取她的声音。那天老师很伤感、很愤怒、很激动地宣布，右派权力上涨，不能"容忍"我们大学里竟有我们这样的研究所，发公文要她在三天之内答复，关于教育部决定要取消我们这个博士研究班十个预备博士和二十个博士候选人的注册资格……我忍不住笑出来，心想取消资格最好，这样更可以干脆地跟着老师写论文，反正我跟定她了,谁管他法国政府发不发文凭。老师说要发动世界舆论与法国政府抗争到底,好啊,搞革命,做打游击的地下研究生更棒,把世界用脚踩翻过来吧!

傍晚有一场老师今年新书发表的签名会,在 Des femmes 出版社。我和冰岛同学 Irma、意大利同学 Monika、法国同学 Myriam 在咖啡座大聊法国总统大选选情,以及系上与右派政府的保卫战。之后,从拉丁区的 rue des Écoles 绕长长的路到拉丁区的心脏地带 Odéon,一路下着细细的毛雨,冬末春初交接之际,不冷微凉,充满学生及人文气息的拉丁区之黄昏像童话,像情诗,像 Klimt 的点描装饰画,像通往天堂的红霞……一片覆着蓝晕的金黄,这就是我最迷恋巴黎的所在。四个人都没带伞,眼见三个女人在前面疾行,我忍不住在雨中大笑,一首又一首地振喉唱起她们听不懂的中文歌,她们也频频回头对我扮鬼脸、瞪眼、嚷骂、咕哝、傻笑……三人被雨淋湿的金发、棕发、褐发闪着夕阳的光点……觉得她们好美,巴黎好美,生命好美,而我与她们、与巴黎、与生命好亲近……我们是四个失去国籍、失去学籍、远离家乡、被恋人抛弃的"天堂的小孩"……

* * *

"Pour mon oiseau chinois dont j'attends qu'elle m'envoie un message de sa plume. 给我的中国小鸟，那只我等着她寄给我只字片语讯息的中国小鸟。"

老师低着头不敢看我，为我在她的新小说 La fiancée Juive（《犹太新娘》）扉页签上这句话。

我慌乱地接过书，隔着签名的桌子，我说要亲她一下，她站起来让我在她左右两颊各亲一下，我害羞地在她耳边以中文说："我爱你"，再用法文"Je vous aime"告诉她意思（但其实应该是亲密人称的 Je t'aime，我不敢如此告诉她），她给我一张白纸要我写下中文："我爱你"。

我蹦蹦跳跳地跳回家，钻出这站四号线地铁站 Simplon，走在 rue Joseph Dijon 上，黄昏七点或八点，蒙马特区 Mairie 前的 Jules Joffrin 教堂钟声响起，浸透我的身心……我抓出背包里老师的小说，看清楚她签了什么，才明白自己已鬼使神差地将中文的"我爱你"当成她所等待于我的 message（讯息）envoyer（寄传）给她……"message"是她在课堂上常讲到的一个关键词，也是文学里关键的"métaphone"（隐喻）啊！而这个小小的 transport（传送）又在对我的生命隐喻着什么讯息呢？

三月十八日那一整天的内容，太抒情，太惬意，使我失去自我控制。

巴黎的午夜，东京的清晨，我打电话给小咏，告诉她我伤了自己的身体，准备好今晚死，不能再去东京看她。我把她气死了，因为我误以为她在轻蔑我，便羞辱地匆匆挂掉电话。她加追一通电话来，气得和我在电话里吵架，她根本已经不知如何表达感情，只气着说若我要逼她把学费、生活费和要带我去看医生的医药费全都花在电话上，那她就这么做吧！她问我，此时此刻她到底能怎么办？我深深觉得对不起她，也因为她的另一句话暗中发誓，无论任何手段，再也不要使她看到我这样倾危——

"我也知道死了对你或许好一些，可是，你死了就是永远消失了，就是永远也看不到你了啊……"

三月二十四日。东京的黄昏，相隔三年，我在成田机场的接机室终于看见她。

黑色短外套，黑色短褶裙，外套里衬着一件黄色针织毛衣，黑黑得高贵，黄黄得耀眼，梳拢得妥切的长发，淡妆，红唇，晶亮的大眼睛，提着一个雅致的黑色皮包。我喜欢她。她确实长大不少。

临行前，我去剪了一个新短头，换掉牛仔裤买了全新的装扮，咖啡色格子大外套，黑条纹灰软布长裤，白色的棉衬衣，短米背心，加上旧的咖啡球帽及咖啡皮鞋，灰色长围巾，拖着一件手推箱，背着黑色包包。推箱里唯有简单的换洗衣物和书，满箱的书：

Marguerite Yourcenar 的传记，Derrida 的 *Mémoire d'aveugle*（《盲人之记忆》），老师的有声书 *Préparatifs de noce*（《婚礼的准备》），及许多中文诗……背包里是日记和安眠药。我要让她看到一个最漂亮的我，一个最后永远的我。

出关，她在人群中没看见我，我唤她，跳高吻她……

我任她带着我搭车回东京。快速火车上，她一直跟我说东说西，说沿途的环境，说日本人的坏话，说她最近的生活起居，说她等了我一下午，盯着接机室的电视屏幕看过上千个脸孔找我，找一个她以为应该穿蓝色牛仔裤黑色外套的我，看痛了眼睛，怕错过我，因为我告诉她我身上没钱，英文忘得差不多，又是第一次独自到东京，不能丢我一个人在成田机场……坐在火车上，她一直说，我微笑静静听着，谁也不敢看谁，直到她突然转过头来看我："接到人真好。"

她真的很高兴很高兴，而她是绝对不会说她高兴的，我都知道。

＊ ＊ ＊

小咏，如果我都说真话，用我一百分的能力向你表达我对你的爱，你受得了吗？你敢看吗？还是你会笑我，会生气，还是沉默不语，背过头去？如果我不再对你隐藏或矫饰，我会亵渎你吗？

第十七书
五月十八日

在去东京之前，我从不曾明白我活在世界上是可以那样被爱，被给予的。

这样的经验如果我不述说，它的意义将不会存在于世界上，因为世界是不会主动沟通新经验，不会愿意区辨经验的意义的……

＊　＊　＊

从我五年前认识小咏到现在，我总是苦于无法完全与她沟通，我和她所属的是一种我最无能为力的"断灭"的关系。她既不要主动地来与我沟通，使我了解她在想什么，她也总是轻易地倾向于拒绝我所给予她的沟通。

与絮最大的差异，是我感觉不到小咏对我的接受性。絮对我高度的接受性使我和她之间形成长期而致密的沟通关系，使我爱人的能力被凿到接近"可全给性"（la disponibilité absolue）的深度。倘若缺少了这样的被接受性,我的爱就不是活生生的,而像是封固在百年树脂里的一匹毛象;小咏正是如此地将我之于她可能会流动下去的爱冻结在树脂里。相对地,"接受性"是絮人格里最突出的性质,即使是在她对我欺骗、背叛、漠然、逃躲的高峰里,我都能知道她对我的"接受性",那是来自于对她灵魂某种超越经验的体会,纵使她的生命消失,我还是会感受到她对我的"接受性",那是存在于我们之间的奥秘。

"然而,'接受性'的另一面,是'被动性'。一个人的'被动性'达到极点时,正是完全'懦弱'的极致,絮也正是掉进如此的陷阱里而深深地伤害我。整整一年的时间,我具体地受着她这种懦弱的伤害,我也因着爱的信念而固执地承担住她之于爱情的懦弱人格,直至我一身的生命崩溃。然而,她仍以为转向另一个人可以逃躲她自己生命的这种懦弱,逃躲对自己对他人的伤害与责任,她不知道这种懦弱是不可侥幸,不可逃躲的,那样只会造成更多的错误、伤害与罪恶。"

这一整年絮或许试着在她"潜意识"之外善待我("潜意识"里是无尽的冷酷与伤害啊),但实情是我几乎完全不被爱。这是我去了东京之后才痛彻心肺明白的一个真理。而吊诡的是,若非这个奇特的时机里,我接触到全面且恰巧能对我开放的小咏,我可能没有机会明白她所要给予我的正是我所渴望的被爱、被给予的性质,过去我从不曾想象过,也不懂得要求这种东西,因为没有人能以如此的性质给予我,除了我自己给予别人、爱别人以比此更好的品质之外,爱的关系之于我,并——无——其——他。

※ ※ ※

若非身体,我是不能体验到她是谁,她是如何在爱着我,我之于她是什么意义,懂得最核心最重要的她是如何的纯洁,脆弱,美丽……

在身体的底层,太美,太绝对,指名向我的一股爱欲之涛流,正是由于三年里针对我爱欲的指名性在她身体灵魂里形成,她将这份坚强的爱欲给了垂死边缘挣扎的我,将我从死亡那边赎回,重新点燃我对生命的欲望。

我完全谅解她所使我受的苦,我也将谅解这五年或这一辈子要有的"断灭",唯有更爱她,更疼她,更无条件接纳她的一切,因为我终于"知道"她是如此美好,封固在她体内对我的爱欲是如此美好,更美好的是我之于她的生命是一种确定的意义,一个被给定的名字,一个被生殖出来活蹦乱跳的宝宝,一道被缄封的爱欲之泉,唯她有此能力,正因如此,她活着就在爱到我,无论她要以什么形貌展开她的人生或对我呈现她的爱欲……

我总是只知道自己有能力如此，只知道自己爱欲的形貌与意义，而从不能遇见有相同能力的人，或是我所爱过的人从未有能力给予这种被知道或自知（唯有自知自己的爱欲后才能被对方知道），小咏终于给予我这种"知道"了，这对我而言未尝不是拯救。除了我知道自己爱欲的幸福之外，他人所能给予我的最大幸福莫过于此。

关于东京的回忆，是樱花，是黄昏的夕阳，是早晨她窗户的光，是乌鸦的啼声，是雨夜里的暗屋巷景，是她情愫甚深的、脸……

第五书
五月十九日

絮：

这一封信或许不属于作品的一部分，因为写到第十书的时候，这本作品已经形成它自己的生命，它有它自己的风格、命题和审美性，完整的一本书的材料及剪裁已在我脑子里，写到接近二分之一，文字风格也自然而然地决定了。但是，我却已经没办法单纯地在作品里跟你说话了，作品内容比我所想直接跟你说的更深，密度更高，更美，而且似乎要等我整本写完，你才会知道它的美与价值。它不会是一部伟大的作品，但却会是一个年轻人在生命某个"很小的部门"上深邃、高密度的挖掘，一部很纯粹的作品。

然而，我也必须跟你说话，除了创作作品之外，我必须跟你说话，我有太多话想跟你说，不能跟你说话，我会残废。答应我一辈子都让我来跟你说话，一辈子都不要不接受我来跟你说话，我不知道你可以活几年，但是，只要你活着就请接受我必须跟你说话，我要珍惜全部你的生命，在存活着的时候爱你。

我想你是误解我的，你以为我没办法给予你温柔静谧的爱的品质，你以为我天性的狂烈热情必然与这些品质相冲突，可是，只要好好地相爱，这两方面是可以相融得比什么都好的。絮，你误解我的生命了，你也误解我们整个关系的生命，你太低估我，也太低估我们关系的潜在生命，所以你才要放弃我，放弃我们的关系，放弃那么多，放弃到连我这条生命都被你放弃掉了。不过，经过这个彻底放弃的过程，也许它会让你真正明白我之于你的意义，慢慢地你也会更明白你放弃得了具体的我，放弃得了我的生命，但是，你是放弃不了我之于你的意义的，还有我们的关系。即使我死了，你还是会在这个关系里，你的身体哪里都可以去，然而你的精神哪里也去不了。这个道理，我过去并不明白，也不可能明白，但是经过这么严重的死亡，我已完全都明白，都知道，关于你，关于我，我甚至看到我们整个关系，你相信吗？就是因为我在我的内在知道（而不只是相信）这些，所以当我自己再站起来后，我能告诉你：你是不死的。这并非基于我的傲慢来说"我知道"，而是我变得更低，对自我更谦卑，对你更臣服。

所有你觉得该放弃我的种种理由，还有你对我们关系的结论，可能都是片面的，你虽然还看到整棵树，但你只是从树干上切下了一小轮。你现在还不知道"你爱我"到底是什么，其实你是深爱我的，但是，三年来你并未走到"知道"它是什么的点，总有一天，你会知道，起码当你遭遇到自己的死亡，或遭遇到我的死亡的时候，你会

"知道"的。我所说的"知道"意谓：在那个点你就可以承担起我之于你的全部爱及我的整个生命，而且将完全地进入那个承担里，而不再觉得它重。一切的过程都是必需的，没有哪一项、哪一段是浪费、不必要的；一切的过程在我们之间都很美，Osho这么说，我如今也这样以为。

或许你决定要彻底背离我，交还我所给予你的爱，你不要我再来跟你说话，不准许我再来爱你，那么，那就是我们必须在现实里"分离"，真的，我们只能完完全全在一起或完完全全分开，否则你确实会一直伤害我，而我也会因这伤害而伤害你，因为这是属于我们之间非常基本的爱情道理。我从一开始就告诉你，你不能用错误、不适合的方式去演奏一把琴，否则它就是会被摔伤、摔裂。你的生活里只能全心全意地爱我，或完完全全与我无关地去爱其他什么人（或什么也不去爱），不能是两者都要，不能是介于两者，这不是我所规定，更不是我在对你下命令，限定你的人生，而是我了解我自己的性质，我的性质之于你一直都是如此，那是一种再清楚不过的事实。然而，你执意要以不适合我的方式演奏我，它并没阻止我发出爱你的声音，只是声音变得凄厉、裂耳罢了；我也完全无法抵抗你要如此演奏我，只是你看到的我，真的就是被摔伤、摔裂了……

我一直在忍耐你对我的伤害，此刻都还必须忍耐，忍耐到被摔裂，粉身碎骨，再把自己修好，然后再回到这个位置上来忍耐这一切。这些日子以来，你的不能"全心全意"，之于我们整个关系其实算不了什么，我被摔伤摔裂也都不算什么，如果这些能帮助你多知道一点"你爱我"的真实，多帮助你走向（而非"走回"）真正的全心全意，那也好。未来，若你还要继续用我所不意愿，所不适合的方式对待我，我只会一直活在一个持续受伤害的身体里，我也会一直忍耐再忍耐，直到我不能再忍耐为止。

我无法使你以正确的方式待我，但我必须明确地告诉你这些性质，这些相爱的道理。唯有完完全全地爱着我，或勇敢地来告诉我，说你要跟我完全分离，你不要再接受我的爱，并且禁止我再给予你爱，你要退还我的爱，勇敢地来跟我说清楚，然后，我们必须彻底做到在现实里完全分开。唯有这两者才是对待我的正确方式，其他都不是，都会使我受着伤害，都会使我没办法喜欢你、尊敬你。你要明白，只要你能在你的内在达到"真诚"，无论我们是长相厮守或永远分离，你是不会真正伤害到我的，尽管生命相分离，我们也只会相爱得更深。至于更高层的"爱"的问题是不须再说的，是的，即便未来要再发生任何事，我们确实是相爱的（你也已经相同地回答过我），只是我知道自己是属于你的，而你还不知道你也是属于我的，差别在此。然而，在我们出生之前，在我们死亡之后，无际之外的交会点，我们是相属的。我们在这一世里必须一点一滴地去"知道"这件事，无论透过任何方式，经过任何路途。

絮，我最爱的絮，如何我才能让你明白我所体验到的，关于我们"爱的整棵树"是什么样子！絮，请听到我说，你是我的生命，是我的全部，我是属于你的，过去，现在，未来，永远永远都是。"属于"这两个字是早已铭刻在那里的，只是过去我不知道这个动词，也不知道原来是你，真的，过去我所明白的与"属于"相差很远，并不是因为任何缘故，也不是因为你是什么样的人，更不可能是因为你爱我多寡，只是因为"属于"，是完全无可比较，无可选择的。"爱你"之于我是一种压倒性的命运，虽然你不能长得和我一样快，以致使我受苦受伤，但确实就是你，人神鬼都可以知道的，我确实就是属于我的絮，我的生命就此被绣缄起来，我也准备好要接受这样的命运。

虽然有时我确实是感叹老天派给我一个速度差异颇大的人去"属于"，有时我也确实深恨着你在现实中对我的种种作为与态度；这段时间内，我感觉到不被爱与不幸，几度你待我如仇敌，几度我觉得你无情无义，这些全是其来有自的故事，全是真正的情绪。我无法说现在的你令我喜欢，我无法说这一年内的你值得上我的爱，然而，我并不认为整个的你真就如此。为什么呢，因为我了解你的生命，我了解你在你成长史中所在的位置，以及当下那个位置的优渥与缺失，我也了解你是如何被我的狂暴变得如此的，所以，我并不认为这些深恨与不喜欢不可化解，也不会就此决定或截断了你整个人之于我的意义。我也不认为你会一直如此，相反地，我相信你会愈长愈好，甚至比以前完全爱我的你都好，我就是相信如此。更重要的是，当我被你丢弃、践踏濒死之际，我也刚好明白，我对你的爱并非一种疾病，并非因为需要依赖你，更非因为你身上能给予我什么东西，也非因为我有特别伟大之处，而是因为超乎这一切之上的某种命运。我不知道这命运什么时候才会被你体验到，但我相信总有一天一定会的！我自己就在这种命运里，值不值得已经不是重点，有其他人较你更善更美也改变不了什么，即令你再来伤害我更多，你之于我的意义也是一样的：我属于你。

* * *

如今我自己由于怨恨变得丑陋不堪，也由于你不爱我伤害我而待你如仇敌。我告诉自己必须先化解心中的仇恨，或是试着引你来化解它们，使我能再纯美地对待你，否则，没有办法使你变回应存的美与善；如同要把你脸上的污泥擦去，才能使你对我流露出你本来的面目。

当你决意要对我显得愈来愈庸俗，以至于我完全无法喜欢你这个人，或是你要更严重地伤害我的时候，我并非没有意志，没有自由可以选择离开的道路。相反地，我愈知道你对我的意义，我愈有意志，愈有自由可以走远，远离你的伤害，远离你的不是，因为爱不仅仅是需要而已，更重要的是要来爱你，以及使你明白我的本性。

远离，我仍然是属于你的，我一直都会在同样一个爱你的位置，不会有别人进来或取代什么。远离，不是放弃你，只是无法再接受你以我不愿意、不适合的方式来对待我，不愿意待在一个一点都不美丽，一点都不符合我本性的关系里，也要叫你真正地知道自己的不对。我不会纵容你的不诚实与不对，是不对我就会以某种方式让你知道。然而，我也仍然愿望着你不要离开我，让我可以一直爱你，让你可以一直在我的爱底下，和我共同成长到适合永远相爱，也愿望着自己不要因为受不了而离开……我已失去了你，不会再失去更多了，即使你去结婚生子或死亡，我真的都不会再失去更多了，你能了解吗？

＊　＊　＊

　　生命的忧伤怎么说也说不尽，唯有在艺术创作里才能表达得比较好……我为你感到忧伤，为其他我爱过的人感到忧伤，更为自己感到忧伤，而这样的忧伤是无法与现在的你分担的，因而我也更忧伤过去我一直都在与你一起分享、分担生命中的这种忧伤。是的，过去无论好坏的时候，我们总是一起分享我们生命里的烦忧、挫折、痛苦、美丽、新经验、新发现，以及我们对彼此的思念、渴望、爱、疼惜与呵护；是的，絮，我最深最美的爱恋，尽管过去你有时不能完全了解我的感受，尽管我也总是挫折你对我的理解，轻易地否定你的生命经验，但过去两年八个月，我们确实是结合成一个共同分享分担的生命结合体，这个结合体是任何人无法取代你、取代我，这个结合体是我死也不肯放弃的，这个结合体就是我们的爱。我忧伤你放弃了这个结合体，我忧伤现在的你不再愿意与我分享分担我们的生命，我忧伤，无限忧伤啊……

＊ ＊ ＊

　　PS. 找到误以为寄失的第五个信封了，就把第十书的内容装进这第五书的信封吧。

第十一书
五月二十日

絮：

我的灵魂好寂寞，那样的寂寞是寂寞到我不愿对你表达的，因为我没办法对一个抛弃我的灵魂，抛弃我的生命，将我的生命置于死境而毫不在乎，无感麻木于我所遭受的伤害与灾难，且又恶意将我放逐在国外的一个人，我没办法对这样一个人述说我最深沉的寂寞，我已经能够少恨你一些了，只是深深地寂寞。

我试着在我心中化解你之于我冲突得极尖锐的爱恨的两重性，我独自默默努力着，没有任何支援。你伤害、欺骗我的一切表现似乎在减缓下来，然而我也无从了解你、信任你。你愈来愈习惯于消极，愈来愈自在于躲藏在沉默里，即使是一句话的努力，或任何帮助我化解伤害的尝试，对你来说，都变得困难，任我去死就是之于你最自然的"速度"与"平静"。我永远都不能明白为何你能变得如此冷漠无情，似乎你还认为你的冷漠无情是自然，是理直气壮的，你甚至不准许我回到自己的国土以免妨碍你的生活，以免"受伤害"。

原谅我这么说。

我常在想自己还有勇气叫"悲剧性"再发生吗？轻津说人生充满 rupture（断裂），就是如此，然而一定得如此吗？我生命中所爱过的人都曾经很粗鲁、很愚蠢地对待过我，年少时代我也曾经很粗鲁、很愚蠢地对待过他人，然而，我不明白，为什么人一定要对自己所爱的人如此粗鲁，如此愚蠢？人难道不能透过更多的内省，更充分地了解自己及生命，而能不再如此伤害自己所爱的人吗？我相信是可以的。就是因为彼此间有粗鲁，有愚蠢，人生的"悲剧性"才会不断地再发生，人生才会充满 rupture。然而我想我自己的人生这样是不对的……我的人生应该画下休止符，不要再增加任何悲剧性与 rupture，且该去化解过去所有的 rupture 与悲剧性，减少自己生命的悲伤与寂寞，减少我自己的 baggage 才是。

* * *

絮，我挚爱的絮，至此我已明白该如何去对待与我生命相关的人，过去或现在相关，关于所有的人我都明白了，这个明白的过程好漫长，花了我整整十年关上又打开的过程，未来要再遇到的人也都可以清楚地放到这个架构上。三年了，关于我自身的错误，我内在性质的缺陷，或是我该正确对待你的方式，这次也总算让我对自己清算清楚，我希望这次的清算痕迹能将未来所有我们之间的情节先编织进去……我一下明白这么多道理，我会早夭吗？

我渴望和你恢复以往的"亲密感"。我不断自问这整个过程我们是如何失去"亲密感"的……

是自我移居 Foyer，我们的互相了解不再那么全面、彻底之后开始出问题的吧。我在巴黎过着挫败不堪的生活，对自己的生命，及我们能否在一起这件事失去信心（我重看我在 Foyer 给你写的告别信，可怜复可怜的爱情啊），我在强烈渴望立刻与你生活在一起，或是离开你以终止这种渴望的两极间摇摆，使你既受挫又不知该如何面对这样的我，而我既伤心你不明了我的真实情况，更因你迟迟不愿做出决定而更无以为继。当时在 Foyer 确实是无助得很，觉得自己无法再继续这种渴望而孤单的等待生涯……记得四月跑回去看你再回来，对你失望透顶，觉得你不爱我，工作家庭种种种的你的现实都比我重要，我经着那样的生涯，你的假期甚至都还不愿到巴黎来看我，说要来巴黎看我都是说说而已（这倒真的是一种长期的传统……）当时这些感受背后的认知，到目前为止，竟然一直是对的……但起码那时你还愿意说来看我，如今却巴不得我不要回去打扰你……当时我在巴黎的资源有限，没有今天足够多的朋友、足够流利的法文可以使自己的生活少孤单些、少挫折些，之于那种独自等待、思念、渴望你的生活实在是弹尽粮绝、无以为继啊，唯有决定斩断一途，其实只是不得不逃开对你绝望的渴求罢了……

然而逃不开啊，它像脚镣一样，铐住我这只大猩猩，拼死命要冲出去，头破血流还是出不去，所以痛苦的熔浆喷涌出来，把我们之间一切的"亲密感"都烧熔了。你既来不及想清楚自己要的是什么，也不及知道怎么对待我之前，我该死的"愤怒"已把一切你对我婴儿般的"信任"都毁掉了。然后是漫长直到现在且愈来愈不动摇的你对我的"冷漠"，我相信你也是恨我的，只是你表现伤害与恨的方式便是"冷漠"。说到这里便是重点啦，你之于我的 eros（爱欲）在此开始分裂冲突得厉害了，有关爱的部分是继续在生活里给予我、照料我，但恨的部分表现为漠然、封闭与拒绝……因而我的"爱欲"也跟着错乱起来，我的痛苦也更剧烈了，得不到你的爱欲的我的确是疯了，疯得厉害，我真是疯到登峰造极了（笑）……为什么笑你知道吗？因为我对于你真是一种 fatal，致命的热情，致死的热情啊（所以最后除了死或无条件臣服于你，永恒地隶属于你之外，别无他法）（"爱欲"最后的规则就是如此，性欲—爱欲—死欲三者最强的时候是一致的）。我原本热情，加上你对我而言是致死的人物，所以死路难逃，想起来还是很痛苦啊，"得不到你的爱欲"这几个字就足以使我心碎，真是心碎（而不是被伤害）……我接受你的给予与照料，却也不断错乱地感觉到在你的核心里我并不被爱；我一面给予你更强的爱欲，一面却又不断地质疑你、否定你、压迫你，且自己也生着匮乏的病，直到你所潜藏的那部分敌意开始外转为伤害我的行为，自私、不忠或不断地述说离开及不爱的讯息，更是最极端的漠然与敌意。至此我已完全转成一个攻击与破坏的狙击手，互为仇敌的关系已然建立,你我人格中最负向的质素都毫无节制地被推到极端,可悲的是我们彼此都停止不了这种极端化,且还努力要去"善待"(或"爱")对方……

* * *

经过这么多事,我必须痛彻心肺地说,有两件对我意义最深的事,也是我最痛得说不出口的事。一是当我第一次动手打了你的时候,我内心已明白我完全失去你了,我在内心哭泣得很厉害,潜在地明白我已挽回不了你,我开始活在被恐惧被噩梦所折磨的日子里,恐惧失去你,恐惧被你抛弃,噩梦里的内容全都是关于你不忠的情节,难以遏止地打你,也用更残暴的方式杀死自己……直到现在我仍未完全摆脱这些使我哭喊而醒的梦。第二件事是在巴黎的这段日子,你几乎是完全在"性"上抗拒我的,可说你一点都不欲望我,一点都不喜欢和我做爱,这近一个月来,我才有办法面对这点,才能明白这点,经常想起来就莫名大哭……没有办法面对我们的关系竟被我们弄得糟糕成那样,叫我痛得不想说出口,叫我痛得一靠近Clichy的记忆就像触电般地跳开,太痛太痛了……

* * *

原本我决定就此相忘,自己要完全改变一重人格去活着,做完全与我原有特质不相同的另一个人,那对我来说突然变得容易,完全是可想象的，而过去长在我身上那些甩不掉、掩饰不了的特性似乎也可以轻易地就脱落了……

从东京回来之后，我慢慢感觉到我"性欲"的性质在改变，这个变化对我太神奇也太私密了，像地壳变动一般使我有点不知道该怎么办，我甚至不是很清楚是哪些原因导致如此：我感觉到我"在变成一个'女人'（一个庸俗般的'女人'的定义），或可能变成一个'女人'"。月经变得非常规律，有一天清晨梦到你，惊醒的第一秒，直觉到月经来了，果然是，且是最准时的那一天，我真感觉到某种神秘的关联。我也在梦中看到自己留一头长发"女性化"的样子，我也预感到自己在爱美，脸庞在变美（"女性"的美丽）。有一天，轻津注视着我的脸告诉我我长得很美，且是那种男女两性都会吸引的美，我的确意识到自己的脸及动作线条都在"女性化"。我的性欲也开始变得具有"接受性"，我仍然在幻想你，但是比起从前一直爱你给予你的方式，现在我似乎更想要你爱我给予我……我也觉得自己已经可以跟男人发生性关系（如果要有纯粹性关系的话），或是说开始以为一个温柔真诚的男人（像博士班 Eric 那么"纯粹"品质的男人）可以跟我有完美的性关系。一段时间里，种种可能性多到我受不了的地步……我怕得很厉害，怕这之间只要有一个真如 Eric 那样智性与灵魂的男人，掉到我身边，我就会去吸引他，然后去"变成一个彻底的'女人'"，那是完全可能的，变化后的我也完全做得到。我怕得厉害，因为那是一个可以彻底使我从对你的性与爱欲里逃开的方式，最完美的方式。我怕那种诱惑，它不是"性"或"背叛你"的诱惑，而是那种"离开你"的诱惑，那种想要无声无息地自你生命中永远消失的诱惑，一种永远"取消"自己，使你永远再也"找不到"我的诱惑（我似乎总是在寻求某种"绝对"的方式来爱你或被你所爱）。

我想从某种相关于你的"性欲"的绝望与挫折中逃离是很可怕的关键，我想这是我死亡的核心，我迟早会因这件事死或再死一次。我很恐惧这并未真正结束的绝望与挫折，我很恐惧我还要因为这个东西再死，那对我是非常暧昧难言的痛苦。小咏在东京一句话就说中了，她很快地明白这次是一种什么样的关系使我掉到死亡里，我猜她在台北看到你的照片时就明白你之于我是什么了，她可能明白得比我更多更快，她在东京只说你还不能懂得我对你的这种激情是什么，当然轻率之间就会把我弄死，我想她是非常希望我放弃你以平安活着的吧？

"性欲"，或说是"性欲"的发展，在爱情关系里占着很神秘很关键的位置。过去我和水遥、小咏的关系都是我以为她们无法欲望我，所以才有那么大的扞格在其中。我一直认为之于她们是性欲在带动全盘的爱欲且决定一切。从前水遥明白地拒绝我，所以我伤心地走开了。小咏则是暧昧地接受我，但她的态度却总像是她需要的只是男人的身体，可是她也未曾表明，直到今年的一封信里她说她明白"男性"在她体内是什么意义，我整整哭了一天，因为那算是证实了她是如我所想的样子，而过去我也是因为这种"男人 VS. 女人"身体的问题而完全封闭了我对她的性欲。

然而，事实并不是如我所想的那样，而且刚好相反。小咏后来才有机会告诉我她所谓的"男性"是什么。原来那并非是生理上的，而是一种人格、意志、灵魂上的"男性"，而这"男性"说的正是我，正是因为只有我和她所爱的那个人身上这种"男性"够强，她才能欲望，也锁住了她对其他人的欲望。这是花了她三年才明白的事，她对我的爱在她身体里经过三年的成熟才使她完全明白这个道理。结果我和她在爱与性上是和谐、对等且均质的，她热情的程度也是我一直需要的，我想这次正是因为她给予我的爱与性我才活起来的。

水遥则是终于开口说出"我最需要知道的事"，因为我要她一定告诉我当年为何不愿选择我。确实是因为性。她说我逃跑的那个暑假，她懂得我怕的是"性"，突然间一切都全懂了，然后她每天都很想我，直到有一天晚上阴部莫名地流血了，那晚之后她说她很恨我……然后就变成那样，她完全拒绝我。当她开口告诉我这件对她意义重大的事时，我相信之于她这个第一次性的罪恶或不洁感已经被她面对了，而那种女人被第一个爱人夺走贞操的恨是很典型地出现在我们的故事里，我就这样被牺牲掉了，再回到她眼前的时候，我看着她与她的新情人建立了完满的性关系，然而我相信我之于她一直都是最深最纯真最专注最毫无保留的爱恋对象，而且现在的她是可以与我有关系的,但是我并不想介入她的生活,也不会再跟她有什么密切联系,因为现在的我无论如何都是无法与她并立,且足够爱她的,她更适合的是别人,我会当她是远方的朋友。

在我几次与女人的恋爱关系里,原本"性"本身对我一直都不是问题,我一直渴望女人的身体,需要与我所爱的人做爱。自年少光阴与水遥在一起,我想我就是个不折不扣爱女人的人,我对她的性欲很明显,那时我也只渴望女人的身体,我是positive(阳)得不得了地爱女人的吧,且随着年龄渐增,我的热情更positive更强,这才可观。小咏说得没错,我有很强的"男性",且我是天生热爱女人的,所以与我相爱的女人根本就不需要已有先爱女人的性倾向,只要对身体器官没成见,能与我在爱与性上相爱都是自然的。因为在性爱关系中,真正重要而可激烈稳固持续下去的是热情之positive(阳)—passive(阴)的搭配。我最渴望的都是最阴柔最passive的女人,我不认为我对女人的性欲与结合和"男人"在渴望"女人"时有太大差别。

我想真正的激情里性与爱是一体的吧。我很庆幸在水遥之后遇见你,对于一个性与爱的能力都真正成熟的我而言,你确是我渴望得要死的女人,那真是压倒性的欲望。最positive的生命被一个第一秒就攫住她的passive的生命所热烈吸引,之后这狂热就持续地燃烧到第三年,包括生活在巴黎的七个月,我都是分分秒秒渴望你至极的，它并非短暂如昙花般的激情，我只能跟你有婚姻，只能属于你，否则我绝不可能对任何人忠诚，因为我的热情太强，若非有一个你在那里，我会很容易厌倦一个人、不满足而过着放纵的生活。是的，再也不会有一个人能使我的性与爱集中纯粹成这样的。

说来吊诡，最需要纵欲的人也往往最能禁欲，和尚和唐璜最可能是同一个人。我只能为你一个人守贞，完完全全地给予你，为你保留在那儿，那是我爱你的方式，我需要那么深、那么彻底地去爱你。我不知道如何才能使你明白，我对你的渴望是超出被爱的满足或性的满足之上的，我渴望的更是整个生命，整个性灵的相结合，我所渴望的更多："找到一个人，然后对他绝对。"这句话是我过去写在信里的话，现在更清楚了，我所要的更是如此。

※ ※ ※

在这里，你确实是不渴望我的身体，不喜欢跟我做爱，也许你会说我对你一直都太 heavy 了，在巴黎你更是吃不消我吧，因为我真是要你做二十四小时的情人。关于"热情"的表达与需索，我们之间的类型差异是使你没办法跟我生活在一起的主要原因，想到这点现在我已经能够微笑了，小咏说得更有趣：总之，你就是把人家用尽了，人家才要跑掉。应是十之八九吧。我热情的强度与表达有时连小咏也要受不了，她已经是热情的人，可是她也说虽然我没在她面前表现出来，但她就是能够感觉到我体内热情的需索太强，连她都觉得压力大。唉，她说的正是我的问题，也是我把你逼走的重点啊。你常说我太沉重了，你说你要的是清淡的关系。常常想到这点就很恨自己，恨透了自己原来的特质，恨自己太强的热情，太强的 positive，恨自己太渴望太需要你，恨自己对你太强的占有欲，恨自己太"男性"（也是这个恨在逼着我"女性化"吧），恨自己因为热情而容易生病又容易自毁，恨自己太容易痛苦，恨自己对你过度的需索使你紧张使你窒息使你受压迫……恨这一切特质使你不喜欢我，受不了我，不愿意与我亲近，使我们之间丧失了亲密感，使你抛弃我、背叛我，使你连看我一眼都不愿意。当你在电话里喊着"我没办法跟你生活在一起"时，我的眼泪滚了出来……若说恨，我最恨的人其实是我自己！

* * *

PS. 过去三年的美好与伤害，我确实是没勇气去面对所有的细节（小说的主要情节），美好太美好，伤害太残酷了。昨天又看一遍《雾中风景》，小男孩看一匹驴子死了，跪在银幕正中央哇哇地哭得好伤心，我也哭得好伤心，觉得自己就是那个小男孩，我真是变成一个会为动物之死哭得那样伤心的、纯洁的孩童……和白鲸一起走在散场后的绚烂巴黎夜风中，她说电影好美，可以今夜就死去，我说此刻有个人在身旁懂得电影好美可以死去，今夜真的可以死去……电影是如此，生命是如此，爱情更是如此，是不是？

把这十一书收进抽屉吧，细节我面——对——不——了。能挖掘的，必须使你明了的"感觉"，我已经写出极限了。关于我们的爱情，来年，我们写更完美的小说，材料先存起来，好吗？不再寄给你了。J'arrive pas !

第十二书
五月二十三日

　　越过一座山峰，被满山谷的眼泪淹没，必须吞下太多太多的伤害……翻过去了，就更尊严、更真实地活着了。在各个方面，我都再没有不满意自己了，我果然变成一个我自己所喜爱的完美的人了。

　　事实上不应该认为还会有人更爱我了，我所恩受于絮的已太多，多到我不能对我自己心存侥幸，心存侥幸说我还能再去爱另一个人，说我还有资格再去对另一个人的生命负责，欺骗我自己说我还想去做另外一件事，说我的人生还想去完成另外一件爱情。我明了我的心"要"什么，它归向哪里。

　　纯粹。我的生命里所要的一切准点，献身给一个爱人、一个师父、一项志业、一群人、一种生命，这就是我想活成的生命。

　　真诚、勇敢与真实，才是人类生命的解救。这是我来法国所学到最重要的事。这真诚、勇敢与真实是随时可以面对着死亡、肉体的极限痛苦，甚至是精神的极限痛苦；也是这真诚、勇敢与真实才能抵抗来自他人社会政治的迫害。保持自身生命状态"随时随地"的真实,而寻求让自己的生命状态可以保持真实的"生活条件",才是学习"生活"。

到目前为止,我认为人生中对我最难的是"尊重他人的生命",因为唯有彻底地谅解之后才有尊重可言。没有"智"是不可能有悲的。

"命运"这件事是个庞大的主题,"命运"主要是由"奥秘"及"生命的材质形式"所决定。人只能"迎接"奥秘并"认识到"自己生命的材质形式才能超越命运,并且活在真实里。我是个强者,我只能比我的命运、我的人生情境,比其他所有人,比人类的灾难,比我生命的病痛,比我的生死,比我的天赋更强,活着代表真善美,死了成为"绝对者""永恒者"。人唯有在最深的内在贯通、一致起来,爱欲和意志才能真正融合得完美。而这个"在最深的内在贯通、一致起来"不是在"心理治疗"层面可以达到的,它主要是哲学和宗教性的。"爱欲与意志的融合"正是我论文的主题。

司各特说人若不能心安理得地适应社会,适应大自然,就注定一生不幸。

世俗性,功利性,占有性,自私性,侵略性,破坏性,支配性……这些都是他人身上令我厌恶的性质,我也是因为社会里无所不在的这些性质而生病、受伤、逃开,简单地说,因为这种"他人性"而使我的生命被迫在他人面前不能"真实存在",受到扭曲与伤害,由于这些"他人性",人类不能接受一个人真实的样子,甚至由于他人的不接受,自己也没有能力活在自己的真实生命里。这是我的生命在社会里受着剧烈的伤害,无法活在一种如我所渴望的真实与尊严里的因由。然而我必须逃开这些他人的性质,无法与这些性质相处的原因,恐怕也是因为我心中的这些性质吧?

我是属于"艺术热情"的材质的,然而如今我却真正渴望过一种农夫的"田园生活",或者说是更纯粹的"僧侣生活"。这两者可以兼容吗?

人与人的不能互相忍受,实在是罪恶。人自身生命没有内容,不能独立地给自己的生命赋予意义,实在是悲哀。这两件事使我创痛。

我想没有一种痛苦是我忍受不了的,只要我知道我想活下去。

唯有我的生命不再需要絮,不再能够从她那里得到任何东西,不再对她有任何愿望,不再对她有一丝"占有性",我才能如我所要的那样爱她,尊重她的生命,平等,民主。

客观性。在成为Tarkovski那样一个伟大的艺术家的道路上,客观性是我接下来的主题。

我自己正是个"僧侣"的生命，二十六岁的僧侣。

我之所以爱上絮，一直爱着她，永远属于她，正由于她纯粹的品质啊。

五月二十五日

无疑地觉得人实在是愚蠢、粗鲁，每一个我所遇见的人都是如此愚蠢、粗鲁，我不明白人类何以那样愚蠢、粗鲁，我不明白这件事。

我得有智慧起来，我的人生不要再做出任何愚蠢、粗鲁的事了，我发誓。我该发怒，我该怨恨的也都叫它们发泄光吧，不要再需要任何发泄了，不要再需要任何爱或恨的发泄了，真的。我觉得我背上的重担似乎减轻了一些，或许是在电话里把每个点都清算清楚了吧？我的怨恨需要被发泄出来，絮的怨恨也需要被发泄出来。如果两个人的怨恨不发泄出来，爱也不会流出来的。这彼此心中的怨恨正是阻挡我们继续相爱的罪魁祸首。

激情。人生真的没有拯救吗？我不相信。激情，痛苦复痛苦，但并不是完全没有办法承受的。有激情才好，才知道自己生命所要做的是什么，而人生在世，真正重要的是领悟到有一件什么事是自己真正要去做的，有一个人是自己真正要去爱的。只要领悟到这一切的意义就好。如果是真正的领悟，那人生也就不再有什么受不了的痛苦，也就没什么遗憾了。

唯有痛苦与死亡能使一个人深刻，能叫一个人明了什么是"真实"。

絮还没长得够大，还没尝够痛苦，不可能知道什么是"真实"的。

激情的痛苦，不是不可胜受，不是不可超越的，它是可以靠着宗教、大自然、运动、生活和人类的互助来胜受来超越的。重点是知道有一件什么事是自己真正要去做的，知道有一个人是自己真正要去爱的，人知道"因为如此"所以要活下去。

Tarkovski 说得很对，艺术家的责任是唤醒人类爱人的能力，在这个爱人的能力里再发现内在的光，内在关于人性的真善美。宗教往往不知如何去与人类交谈具体命运的内容与主题，然而，"每一个人类"都是需要被理解的，理解属于他们个人具体命运的内容与主题，透过他们的"旅途"而使他们明白生命的道理。我不能只是个治疗师，不只是个哲学家、宗教家，更须是个艺术家，且我主要是个艺术家。

如果絮再来巴黎，哪怕只有一天，我也要使她快乐，使她快乐，使她快乐就是全部我想做的事。我要以全部我所懂得的方式，适合于她的方式，使她快乐。我要使她明白我是懂得她的，我是能够爱到她并被她所爱的,我是适合她的人生与品质的。要使她明白她误解我了,她误以为我不能使她快乐,她误以为我不能过一份快乐、无痛苦的生活,她误以为我是势必会轻蔑她,伤害她的,她误解我生命的本质了。我想让她明白我生命的全貌,我完整的生命。

　　我要骑脚踏车载她去森林,做早餐、午餐、晚餐给她吃,睡前和她一起听新的音乐,念诗给她听,白天有固定的时间我要工作,而她可以单独地去做她想做的事,傍晚我们一起塞纳河边散步或逛街……白天我想陪她去逛罗浮宫,晚上和她去 Villette 公园看夜景,带她去看 Angelopoulos 的电影和听 Argerich 那样棒而狂野的音乐会,看像 Brancouci 那样具原创性的艺术展览,或是像 Laurent 那样深刻演员的表演,一起在巴黎四处拍下我们的生活照,日常缝隙里我们一起洒扫庭除……如果她还有机会待得更久,我写完小说要开始写诗给她,或用其他的艺术工具创作新的东西给她……我要给她一份如她所适合的规律、清淡、宁静、温柔、惬意的日常生活,唯有这种品质的日常生活是能使她快乐的,并且只有具备如此气质的我是真正能使她生命充实的……我们不需要任何身体上的亲密,我们不需要多交谈什么,我也不再需要任何激烈的东西,或是从她身上再要求什么热情或爱的保证,我想我已快速长大,长大到可以给予她一份真正适合于她的爱与生活……我要和她在心灵上彼此再感觉到非常亲密……

自杀。至于那些击碎我们这份美好生活的愤怒与敌意，一整年来深深埋藏在我们心底的愤怒与敌意；至于这半年她对我所作的错误，使我在生活里承受不住而终于结构崩毁的那一面，她对我的冷漠、自私、伤害、不爱、背叛，这一切在我身体里所积累的沉疴，所凿砍的痕迹，我的种种暴行以及她对我日益加深的怨恨，甚至最终她对我所犯下的罪恶——这一切我都不会再反射到她身上，倘若这一切还要继续发生，我也不要再因为这些而扭曲我要真诚待她的品质……一切都只要投掷进我的死亡里就好，一切都要结束在我的死亡之上，一切我对她的恨及对我生命的不谅解，都要在我的死亡里真正地消融，我要和她在我的死亡里完全和解，互相谅解，继续互爱……而我的死亡也是一次彻底向她祈求原谅与忏悔的最后行动，一次帮助她真正长大的最后努力……

自杀。然而，恰恰与从前想死，想从活着里逃掉的欲望相反，如今我感到前所未有地喜爱生活、生命，喜爱活着，对未来，对自己能在自己的人生里，成为一个令自己满意与尊敬的完美的人充满希望与信心。我明白过去我所办不到，我所改变不了的某些人格、某些性质，如今对我不再是问题，过去我一直打不通的某些管道我如今也打通了，我整个人散发着光芒，我清晰得不得了，我明白这一整年来所发生的来龙去脉，我明白我真正想过的是怎么样的一份生活，更获得我过去一直想企求的自信及想象，仿佛那样一份生活如今就在眼前，只要我伸手就可以够得着的……尤其是如今，我并不觉得我还如从前那般特别地痛苦着，相反地，我感觉到这可能是我最光明、最健康、最不怕痛苦的时期，我似乎一下明白了许多关于"痛苦"，以及如何胜受痛苦，超越痛苦的秘密……是的，这次我决定自杀，并非难以承受生之痛苦，并非我不喜欢活着，相反地，我热爱活着，不是为了要死，而是为了要生……

是的，我决定自杀，那就是整个"宽恕"过程的终点。我并不是为了要惩罚任何人，我并不是为了要抗议任何罪恶。我决定要自杀，以前所未有的清醒、理智、决心与轻松，是为了追求关于我生命终极的意义，是为了彻底负起我所领悟的，关于人与人之间的美好的责任……我对我的生命意义是真正诚实与负责的，尽管我的肉体死了，形式的生命结束了，但是我并不觉得我的灵魂就因此被消灭，无形的生命就因此而终止。只要我在此世总结是爱人爱够，爱生命爱够了，我才会真正隐没进"无"里，如果在这个节点，我必须以死亡的方式来表达我对生命的热爱，那么我还是爱不够她，爱不够生命的，那之后，我必须还会回到某种形式之中与她相爱，与生命相关……所以肉体的死亡一点也不代表什么，一点也结束不了什么的。

是悲剧吗？会有悲剧吗？九二年底我梦到的絮悲凄至绝的眼神，是在预示这场悲剧吗？那是我死后她的眼神吗？她是在悲伤我的死亡吗？

经过三月的灾难，我已死过，我已真正不惧怕死亡了。相较于我想追回的这段爱情的本来面目，相较于我想完成的人生闪耀的美好灿光，肉体的痛苦并不算什么，我挨受得住的，我会微笑的。

第十三书

不要死。我不畏惧谈死亡。可是,不要抗议地死。那种孤独与痛苦令我痛不欲生。所谓生者何堪,是的,即便是活着的现在,想及你的痛苦都令我感到何堪,何况当我想及一个个夜里消逝的你的形体内那些呐喊与不平……我无论如何不能面对这种痛苦,然而,也不是为了自己害怕痛苦而要毫不理解地去劝阻你的死亡,而是我明白你的生命,你当真杀死它,那种意义的毁绝令人对生命感到彻底的不义与无助,倘若生命连你都不要,还有什么情理可言?

——九五年来自东京的关键信

时间是一九九五年五月二十九日凌晨十二点半,我二十六岁生日。

爸爸妈妈刚打电话来,祝我生日快乐,我悲不可抑。他们对我如此尽力,他们已尽了全部的力气来爱我,我当真杀死我的生命,他们会如何痛苦?是的,小咏说正因她了解我的生命。"你当真杀死它?"

小咏啊小咏，知我如你，可知我死期已届！然而我还有那么多萦绕我心的艺术计划尚未完成啊！知我如你，我要说我这短短的一生你已给我足够了，我的这一生唯有你是真正了解我的悲剧我的深刻度的，你之于我的爱是艺术性的，向你致最顶礼的谢……

小咏，我的死值得吗？值得你的崩毁，值得父母的崩毁，值得所有爱我的人崩毁，值得所有知道我性情禀赋的人们惋惜吗？值得吗？小咏，这么多的眼泪……

五月二十八日

絮：

今晨收到你寄给我的生日礼物，一整套古典音乐杂志，很高兴。

我开始自己站稳，不再外求，我开始进入我生命中最重要的主题……

我必须对我的生命具备客观性，那是真的。囤积着许多给你的信，囤积着为你准备的生日礼物。我之所以没办法再把写给你的信寄出去，那也是客观的。因为在现实的客观里，你确实不是我所想要去爱的那个对象，你确实不是我所在生命底层和我相关联着的那个人。虽然我深深地渴望和你说话，写信给你，对你述说，因为我的生命必须做着这些，非如此不可，因为我确实是只曾和你建立过那么深的结合体，我只能在那么深底对你述说，我只欲望着那样对你述说，不再能是他人。此生我所要的正是那样的述说、沟通和创造欲望：和另一个人类能形成那样的关联。我已获得，我已在那样的关联中，我已达到我的内在幸福。然而，把我的信寄出去，把我的绝对、美好及德行给予现实中的你，却是使我被激怒、挫折、受伤害……

※ ※ ※

想念你。这三个字已没办法那么单纯地说出口，已不知该如何去描述想念你的状态。唉，只能小小声地在心底偷偷问自己，之于你，我真的还不够美吗？你的生命没有我来跟你说话真的不会有点寂寞吗？我怎么都不能明白为什么你要抛弃我这份属于你生命的宝藏呢？絮，我不尽明白人生的道理。

"Femme, je me suis retourné."（Alexandre le Grand）

多美，多美的 Alexandre 啊，多美的爱恋啊，超越生死，多美啊，美到我想哭泣……Alexandre，那就是我，不是吗？我就是 Alexandre，不是吗？那正是我的原型，我内在的胚胎正铭印着如此的记号，我就是要如此地在我生命中去爱一个人，一个女人，贯穿生命地去爱，供奉全部的自己于爱之面前……献祭整个生命给我的爱人……啊，那正是我生命最深的梦：找到一个人，对她绝对！Alexandre 就是我，我就是 Alexandre！

"致不朽的爱"（Beethoven）

除了绝对的爱之外，都不叫爱。过去我所爱过的都不算爱，从今之后才可能是爱。

"幸福是一种绵长而悠久的充实，一种稳定和平静。"这是你从前无意间抄给我的句子，我也因而明白你人生所要的幸福即是如此。如今我真的达得到吗？或许我的热情本性使我的内在并非完全如此，但是，在对待的交接面上，我想我可以做到如此。我希望如你所愿般地待你，给予你，爱你。

絮，你不知我是如何在爱着你，终我一生我都会在这里，我都要如此爱你，你不明白我是如何在爱着你，或说你不愿明白……你看轻我及我的爱之价值，使我溃烂，然而，我会用我一生来证明我自己的美与爱，用一个"不朽者"的我来使爱闪闪发光，我会使你明白这一切才是生命的终极意义的。然而，我不再述说这种意义了，从此我保持缄默，上天会使人们领会我的，而你也会是那当中的一人……

失去，失去吧！除了全部再全部地失去你之外，我也不会更如我所要地彻底去爱，也不会更让你在心中体会到我的存在啊！老天，请更彻底地，更用力，更进一步、二步、三步，直到最后你死亡地从我生命中拔走你，剥夺你吧……使我更明白，无论那如何地痛苦再痛苦，失去你再失去你，我还是在爱你啊。

絮，爱不只是情感、情绪、热情，爱其实真正是一种"意志"。

然而，我得先学会对你缄默，懂得如何一点都不伤害你，唯有如此爱才会像巨浪的岩石般慢慢显露出来……

平静的爱不是爱，静态的宁谧也不是真的宁谧。一切都是动态，辩证性的，一切都要付出代价的！真的。

五月二十九日

絮：

今天是我生日。刚刚阿莹把一只很可爱的咖啡熊放在我的床上，熊的脖子上还挂着一个牌子："生日快乐"。我很感动，感动于像阿莹这样的人，人生在世，懂得付出的人实在太少了，我所遇到的绝大多数人都自私、吝啬得不足以去爱，或说去爱世界。住在这里与阿莹相处，我常感动于她的人格，她是个独立、执着、勇敢、纯洁、深情，懂得去付出及给予的人，我存活在人世，需要看见这样的人类跟我一起活着。

"欢乐比娱乐好，幸福比欢乐好。"(*Scott*)

"如果我没有自杀，也是艺术和德行留住了我。"(*Beethoven*)

Angelopoulos 没赢得金棕榈奖，我也为他哭泣，然而世俗的宠幸及荣耀于一个艺术家不是蜜汁，更是刀剑毒药啊！将整个尘世抛弃在后，继续工作，Angelopoulos。

二十七日星期六我还听了一场 Landowski 雕塑的介绍。我佩服于他的工作精神，尽管他是继 Rodin 之后最伟大的雕塑家，但我必须说他还不到伟大的地步。感动我的唯有 Les Fantômes（《战士幽魂》），La France（《法国》），Le Retour éternal（《永恒回归》），Les Sources de la seine（《塞纳河之源》），Le Monument de Narvir（《纳尔维尔战士纪念盾牌》），还有 Le Temple de l'homme（《人类圣殿》）之中一个向天祈祷的粉红色雕像。我必须说唯有艺术家深深地被人类的悲剧性及死亡所浸渍时，他才能真正感动我，他才能真正伟大，或与伟大之存在相遭逢。对了，Landowski 还有一件 La porte de l'école（《医学院大门》）功力深厚。但真正好的是 Les Fantômes 和 La France，两者都是他在经历过二次世界大战之后，发誓要让他死去的战友们"再站起来"所雕成的。在荒野旧战场上，八个昂首望天的幽灵士兵挺立着，远方山坡低处是代表法国精神的一个持盾牌的女人，裙裾微微飘扬在风中⋯⋯我相信那是 Landowski 一生中最深点的时刻。

拍《流浪者之歌》（Le Temps des gitans）的 Emir Kusturica 昨夜摘下了电影一百周年的 Canne 金棕榈奖，以《地下社会》（Underground）这部片打败 Angelopoulos 的《尤里西斯之注视》，我想是因为政治因素，今年南斯拉夫地区波士尼亚和塞拉耶夫的战争太悲惨，实在是欧洲长期冲突的遗绪及牺牲品吧，评审团多少不无将此奖颁给南斯拉夫导演 Kusturica 以对 Yougoslovie 致意的意味。然而若今年这《地下社会》有《流浪者之歌》的水平，那么得奖也不为过，未来看他的影展，到他的第八支片（Kusturica 太年轻）时，若其中有四支片有《流浪者之歌》的水平，那他将成为 Tarkovski、Angelopoulos 之后我心中第三名的导演。啊，如今来法国第三年，我终于明白电影世界中，其实真正令我痴狂的是仅有的那几个人格啊，我并不为其他的电影或电影人格痴狂，那几个伟大的电影心灵也并非在法国，而是在欧洲的最北与最南，北方是俄国的 Andreï Tarkovski、Nikita Mikhalkov，南方希腊的 Théo Angelopoulos，和南斯拉夫的 Emir Kusturica。法国还活着的 Godard、Robiner、Louis Malle、Rivette、Chabrol，只能算中级的心灵，而新一代的后巴洛克风如 Beineix、Besson、Carax 都还太年轻，甚至可以看出他们气度的局限，很难说年纪大就能改变什么。

每个艺术家的心灵质地与所经受着的命运，都可以在他年轻时候就感觉得出来，而这张欧洲电影心灵的"地形图"的区辨也是由于这三年我的成长才绘出的。因此，絮啊，我请求你不要因为我在远方而抛弃我，不要随便地抛弃在巴黎的我啊，我在巴黎是为了成长为一个美丽的艺术家，是为了成长为一个值得你一生钟爱的美丽心灵，请不要因为这种理由而抛弃我吧！我并不是一定要离开你，我也可以立刻收拾行李回到你身边的，艺术上今生今世能达到多少并没有关系，爱你甚至比我艺术的命运更重要，是因为你一直将我放逐在国外，一直不要我，不肯开口叫我回国，你从来没觉得需要我的生命……所以没有你的召唤，我唯有循着属于我独特艺术的命运走下去，继续这种放逐的生涯了。所以，你抛弃我就纯纯粹粹是为了抛弃我，没有别的原因吧，若有一丝丝是因为我在远方，那既不值得，误解了我，且大错特错了。

"工作吧，唯有工作能遗忘一切！"老师这么说，Beethoven、Landowski、Angelopoulos，所有的艺术家都在这么教导我，我这一生真正想成为的是像 Angelopoulos 那样的艺术家的——成为"巫"的一生。

第十四书
五月三十一日

"除了不诚实之外,我们别无所惧。"

* * *

嘴巴代表真诚。鼻子代表宽厚。两道眉毛代表正直。额头代表德行。眼睛代表爱人的能力……

我细细抚触她的脸,她的五官,喃喃说出她在我心中的美。是的,这就是她。当鸟儿飞过浮云,掠上我心头的就是这一张心像;当双眼凝视水面,水波中漂现的就是这幅幻影。那是我在飞翔的云间看到的?还是我从我心里看到的?她是幻影吗?还是水的流动原就是幻影?

是的,她是个有德行的女人,我无法向任何人,也无法找到任何方式,表达絮的具体形象,表达她在我心中雕下的真善美……我想雕刻家在刻他心中的永恒容颜时,是必须在时间中找出如大理石般坚硬的凝结点，是必须在变化的流沙里凿出永恒的意志，是如此的吧？

* * *

一九九二年九月遇见絮，到十二月搭机前往法国，是邂逅，也是蜜月。九二年年底，我先在小城里学法文，来年九月转上巴黎念研究所，直至九四年六月，是盟誓期，完美的爱情关系，絮坚定如石地支撑着我朦朦胧胧的留学理想，闪烁着光芒照耀我孤独的自我追寻之旅程。三百多封书信，使我爱情的性灵灿烂地燃烧。此情此恩啊，我怎能蒙上眼睛骗自己说，还有更美丽的人在等我，我怎能关掉心里的声音而告诉自己说我还可以更爱另一个人，我怎么可以佯装没看见我的生命所被她剪裁出来的形式，而说我还能再归属于另一个人，说"爱情"不是这样，是别样，是在他方……

九四年六月，絮搭飞机到巴黎来，与我一起实现长久以来我们对爱情婚姻的梦想与理想，直至九五年二月，我送她回台湾，这之间的婚姻生活一日败过一日……可说来到我眼前的已不是一个我所认识的她，当她踏上法国实践她对我最后诺言的第一天起，她已自她身上离开，我已失去一个百分之百爱我的絮。我常说她来巴黎不是来爱我的，是来折磨我的。她努力地试图善待我，却只是给出更多不爱、冷漠与伤害……关系急遽恶化，八月，她开始不忠于我，我陷入长期的疯狂状态，一点一点地自我毁灭，自我崩溃，之间两次企图死去，企图从生命中最血腥最恐怖的内在梦魇里逃脱……而她变得愈来愈冷漠、可怕，有更严重的不忠倾向……最后我完全无法挽救自己地伤害她……内部深处被戳伤太重，仿佛在面对一名最狠辣的仇敌……她也几乎被我毁灭，恐惧我至无以复加……

九五年三月我回到法国继续学业，为了要我离开台湾，她答应我要共同修复起我们的爱情，给我们希望，彼此再各自治愈，她会待在那里等我再等我……我太可怜又太脆弱，不敢也不曾去想她已经不再是那个令我信任、尊敬、有德行的她了，因为那个"她"已被我亲手摧毁了……是的，是被我摧毁的，远在她来法国前的一个月内，我已将她内部所向我展开的美丽摧毁，当我明白她并非真正愿意为我的生命负责，并非真正愿意来法国（而她自己并不愿知道这一切）时，我在电话中将她及她的爱一股脑地丢掷回去，丢掷在地，我决心独自在法国走下去，不要再等她，我绝望地关在小公寓里，拔去电话，拒绝她又拒绝她……那时她心已碎，爱我之魂魄已飞去……一个月内匆匆成行，赶着来巴黎挽回我，挽回这关系的她，唉，是一个连她也不知道是谁的她，是一个根本不想离开家的她啊！

直到我因她而死的最后一天，我都还信仰着她的德行，她的诚信，她的言行一致……三月十三日，离开台湾的第十天，她睡在别人家里，别人床上……在公共电话亭里，我瞬间死去，经验到半年里我内在被她的不忠所累积的暴力及死亡的全部意涵。是的，我死去……死亡，发生，死亡，死亡，发生。

无意识地狂号嘶叫，无意识地撞着电话亭的玻璃或铁架，无意识无痛感地血在头上横流又横流……我对着话筒里的她吼着："我今天就要死去！"……警车停在亭外，四名警察要带我走，我坚持要讲完电话……混乱中听见絮哭着说立刻就离开别人的家，回家会马上打电话给我，会尽快到巴黎来和我谈清楚……然而，这每一句话都是谎话，每一句谎话又都更深地危害到我生命的存在……谎话之上唯有更多的谎话……两名警察将我拖出电话亭，我挣扎不从，想再拿回话筒……我被拖进法国的警局，大脑仿佛已经昏厥过去，瘫在地上只感觉有许多双脚在我身上踢打，剧痛却也麻木……忘记自己是怎么站好，怎么踏出警局门口，怎么走路回家，我已忘记，只留着一些深刻的精神痕迹，我想精神深处我在驱使自己要有尊严地走回家，要回家坐在电话机旁等絮的电话……我回到家了，全身不知名的疼痛肿胀，五脏六腑恍若碎裂，不间断地呕吐……那个凌晨，黑暗中我坐在客厅的电话机旁，耳边轰轰作响："你真的要死了！"

想及割耳后头包绷带的梵谷画像，想及太宰治所深爱的"头包白色绷带的阿波里内尔 (Apollinaire)"。

"Un homme vit avec une femme infidèle. Il la tue ou elle le tue. On ne peut pas y couper."

"一个人和一个不忠的(女)人生活在一起,他杀掉这个(女)人,或是这个(女)人杀掉他,这是无法避免的事。"

——Angelopoulos《重建》(*Reconstitution*)

第十五书

【黑暗的结婚时代：絮在巴黎，Zoë在巴黎】

当你告诉我 L 说我老了，眼泪一触即发洒下不可抑止。今天在地铁站，我发现同样的情绪，同样的悲伤，而对于"老"的触媒，则是絮再不可爱了，再不了。

从前家里养了一只鸟，成鸟时是鲜艳的七彩色，但在幼鸟时是平凡的淡黄色，家里的一只小鸟在变七彩之前夭折；而我亦是一个未经成熟便已衰老的女人。

抱歉，耗费你的耐心，虚掷你的爱情，只是当你不再愿意如从前般给予我专注的注视，无懈的呵护，诸神的傲慢便被折断，只得缄默。

※

……我回想我的二十五年岁月，自己挣来的东西是极少的，东西我总是要现成的，而又总有人为我准备好，我们的爱情是代表作。我总是被捧在掌心上的，你是全世界最宠我的人，说真的，我是恃宠而骄了……Clichy 静静地反映着我，空空的，一些抚触得到的痕迹都是你爱我留下的，我想到你给我的那批信，不相信世界上有人可以荒谬到连被赠予的东西都被收回。Zoë，我不贪婪，但我是太骄傲了，太骄傲了。

我心中对你任性的怨都已被扫光了，我不知道如何才能清除我在你心中制造的怨毒……昨晚被你拒绝，你愤而搬离开 Clichy，我送信去蒙马特给你，你不要我上楼……我甘心加入你遗忘我的工程，终于，不再侥幸，不再逃避责任，Zoë，这辈子我是欠你了。我甚至不确定自己有没有资格拥有我们曾经拥有的。无能的不幸，堕落的不幸，与你无涉，不是吗？

Zoë，加油，好好站起来，你根本不该被推倒的。

※

就是因为我总是将你视为我的严师，我才会轻忽你这许多。

昨天回 Clichy，每一样过手的物品都牵得出一段故事，我惊异地抚察这些物品背后意涵的整套生活习惯和制度。那天，你从蒙马特回来看我，临走前背满一身东西像是站在舞台上的你喊着：Clichy 是我的家；我今天站在这里轻叹一声：我对"家"，关于"建立一个家"，实在欠缺了想象力，以致我身在其中，被明示暗示了无数次，也不能在心里给 Clichy 一个真正的"位阶"。我为 Clichy 洒扫庭除，在每一个细节上照拂她，为什么比不上你为她买个碗，添个架子，带回一罐果酱奶油？是我一声轻叹就了结得了的吗？我一如惯常地进行着我在 Clichy 的动线，想当自己意识到自己在 Clichy 做着家事，受着"妻子"的照料和用心，竟是在我已"轻易地用力"将她毁掉之际。我想为她"善终"，脚步愈发沉重迟缓，不舍的心情以如此嘲讽的面貌存在，妄想你可以和我一起凭吊她……

Clichy 一如往常，洁白无辜地竖立在那儿，愿意与我维持一贯的默契，然而我要如何告诉她，她马上要换新主人，我将把她交予别人呢？

※

我偷偷来到蒙马特，坐在你书桌上，坐在这儿，听张艾嘉说话，想起去年生日（已是前年了）你给我唱的录音，一阵鼻酸，想到你为我唱歌，想到小男孩的一碗粥……人总要学着自己长大，半年来一心惦记着这话,而现在我自己坐在这儿哭泣,想自己真正明了那长大所要付出的代价吗?戴着灰毛帽的Zoë,问我知不知道什么是"创伤"?而在我能、会、敢回答这个问题之前,Zoë已如此苍老虚弱了。

昨天到目前在你桌上写信,感觉都很美,想跟你说。

※

我无法面对与你说话,我发现,我无法做我自己。很抱歉,一定得如此迂回曲折地写。

妈妈来访巴黎,我再次逼迫你等待我。记得那通下雪的电话吗?当时我在房间,妈妈在客厅,你在电话那头,声音极悲伤,在飘雪,告诉我不要去看你,我在电话这头,手持话筒,再次一言不发,心里却透亮,看到自己的窘迫,我将你抛弃在雪地里,第一次,我看到我要逃开的不是你,是我的无能。心沉,接近你的悲伤,但无能依旧。

你说我无能,搬家搬走我的一切,我的信,我的兔兔,我曾付出与拥有的爱情,你冠冕堂皇抢走这一切,告诉我无能保住这一切,怨怼我自己要放弃这一切,但你凭什么?除了凭借自己是受难者,情圣的伟大姿态,你凭什么抢走那些?这是我的疑问。我在这段婚姻里是个失败者,我从来没有否认,我对这段婚姻的诚意不足,对你伤害连连，制造无数怨毒，我也罪无可赦，但你凭什么判决我什么都没有资格拥有，你凭什么把我一笔勾销？凭什么？

我必须借助我周围其他爱护我的人来照顾你，予你起码的关心，我很羞耻，但在无数怨毒的回应中，我无以为继，无以为继。

妈妈说我是迷上你了。我警觉到那迷字用得之好。我迷上你，迷上你的世界，迷上你为我带来如痴如醉的爱情，迷上你眼中的我，我跟着你天旋地转，到了一个理想到曾经以为不可能会离开的爱情伊甸园，爱彻心肺。我又迷上你，与你一块堕入情绪的深渊，堕入对絮的愤怒，迷上你对絮的大肆挞伐，以为那是絮的生机，是出路……在一路缺乏智慧的痴迷中，当我发现自己身陷火海边缘，我自私地选择要牺牲我们的关系以自救。自私之心一旦开启，罪恶于焉展开，我们遍体鳞伤……

送妈妈回台湾，从机场走出，你仍愿执我手予我爱，我一辈子不会忘记那样一个小动作后面丰富的爱的意涵，包括要去爱的决心和不求回馈的勇气，可是我甚至连告诉你我珍惜那个东西都无法成功，我完全没有办法在你面前成功地传达任何感情了，为什么？为什么？感情的给与受什么时候开始对我们两人变得如此困难？

我想检验自己体内那无情的因子，检验它是如何、为何指向你的？是不忠的欲望，是自救求生的自私，是热情的弹性疲乏，是社会的支撑与不支撑……

　　在那下雪电话的瞬间，那悲伤深度的察觉，我相信自己是如何地爱着你的，就如同喊出这是我照顾过的灵魂的那个位置，那个位置是所有美与爱的根源，但好重，好痛，好重，好痛。

第十六书
六月五日

梦到 Laurence 及她背后臀部的弧线。

Laurence 训练我的身体,犹如在法国三年,我艺术的官能,眼、耳、心灵被训练被打开一般,身体在诞生……

* * *

那天,第一次遇见她,舞会后我们从 Bastille 散步到玛黑 (le Marais) 区的 St. Paul,一路上灯火熠熠,寂静蜿蜒的巷道沿途插满火炬似的旧灯,配衬着两旁森严奇巧的古巴黎建筑,而这蜿蜒视景之中,别无他人……Laurence 如数家珍告诉我玛黑这一区的建筑史,尽管大部分的餐馆酒吧在这夜里都已打烊,她还能一家家地点数出不同的国籍、风味与特色,俨然一副巴黎主人的志得意满貌。

"如果要谈巴黎人喜欢的巴黎,就我的理解,是指玛黑这个地区。"她略为沉思一下,扬起瘦削的下巴,专家口吻地下结论。

"你是在巴黎出生的吗?"我问她。

"不,我是在 Lyon 出生的,我的父亲是一座城堡的主人,是一个很有声望的昆虫学家及慈善家,我家里除了地窖、满地的昆虫标本及川流不息的流浪汉以外,基本上是空的。那是一座孤独的城堡,位于 Lyon 郊外的乡下,周围大概一百公尺外才有其他的房舍。"

"不喜欢 Lyon 吗?为什么会到巴黎来?"我又问。

"因为非来巴黎不可。"她略带讪笑地看着我。

"哪有什么非来不可的事?"

"哪会没有?我身上的所有事都是非如此不可的。"

"巴黎。女人。政治。都是非如此不可?"

"是的。巴黎。女人。政治。都是非如此不可!"她拂一下额前的褐色薄发,认真地瞪我一眼。此刻我才留意到她的蓝绿眼,蓝色眼球里瞳孔边缘镶嵌着一层飘忽的绿色。"真的。"她再强调一声,"不知从我多小开始,我就特别喜欢政治,政治对我所代表的不是马克思主义或左右派之类的事,它比这些简单,也比这些复杂,政治是把一件在人与人之间明显是错的事推到对的那边,然后把这些叫作对的事继续贯彻下去。我又特别关心那些错的事,喜欢把力量用来推动那些原本是错的事。每个人喜欢的事都不同,我喜欢政治,政治之于我是没有选择的。你相不相信一个五六岁的小孩就会去 *Le Monde*(《世界日报》)、*Figaro*(《费加洛报》)上剪政治人物的照片?还不识字……"

"有可能啊!但你还是没说为什么来巴黎。"

"为了三年的知己关系,五年的情侣关系。"

"你的情人住在巴黎吗?"

"她也住 Lyon,我们从很年轻的时候,就都是社会党的党员,我们在社会党的 Lyon 支部拥有三年工作伙伴的关系,更是知己关系。你不知道那有多过瘾,那时我在念书念政治,她已经是 Lyon 党支部的特别助理了,而我充其量只是我们那一辈年轻、激进、过度热心的一个党员,我几乎是天天到党部去晃,看看有什么新消息发生,有什么事情可以帮忙,就这样,我几乎天天碰到 Catherine,那时除了偶尔和学校里的男孩子睡睡觉,也没什么重要的,政治几乎是我的全部,Catherine 跟我一起分享、讨论大大小小对政治的看法、关怀及理想,我们都坚持着要待在社会党里好好监督传统左派的那份理想性……啊,Zoë,你不知道,能共同拥有一种理想是多么美妙!从我十八岁到二十一岁这期间,我并没有意识到自己和这个大我五岁的女人是在一种知己的关系里,但那就是啊,也实在是啊,后来我没有再发现过类似的关系。"

"是的，有时知己关系甚至比情侣关系更好。"

"我们共同经历了社会党的全盛期，也看着它逐渐走下坡，今年左派又要把总统宝座让给右派共和联盟的 Chirac，结束十四年来属于社会党的时代……Catherine 真幸运，毋需看到这一天……一九八一那一年，Mitterand 第一次为社会党赢得总统大选，我二十一岁，选举结果揭晓当晚，我和 Catherine 抱在一起又叫又跳，笑得眼泪流不停，啊，那真是一个时代啊！党部里的人全疯了，到处是香槟喷涌，人们送来成百成千的花堆在门口，大厅挤得水泄不通，Catherine 和我挤在人群里，她附在耳朵边大叫：'Laurence，我有秘密没告诉你，我每晚都和不同的女人睡觉。'我斜睨了她一眼：'这哪叫什么秘密。'她叫得更大声：'可是，三年来，我一直想要你，所以我拼命跟别的女人睡觉，我想要的人是你啊！''你怎么从来没告诉过我？''我怕完全失去你！'说到这儿 Catherine 已哭出来，她怎么能把自己藏那么好？她怎么能那么美呢！"

我们走了很长一段蔷薇路 (Rue des Rosiers)，转角一家以色列餐厅还很热闹，她上前去买了一份以色列式割包，两人沿途分着吃。

"后来我们就一起逃到巴黎来，一住就在玛黑这一区住了五年。"

"为何说是逃呢？"

"Catherine 的父亲是右派 R-P-R 共和联盟在 Lyon 的头头，这也是后来我才知道的，她的政治观点可说是和父亲完全相左，但是，他们父女间达成协议，即 Catherine 可以帮助社会党，但总统大选结束之后，她就要回到共和联盟阵营里。她父亲是个很厉害的人物，既是 Lyon 的银行家，又是共和联盟在 Lyon 市党部的灵魂人物，所以他女儿的一举一动全受到严密监视，他父亲不能容忍他女儿和我生活在一起，而她也不能继续待在 Lyon 的左派阵营里，所以我们唯有逃了。"

过玛璃桥（Pont Marie）到塞纳河中央的西提岛（Cité），再从西提岛上唯一一条横贯道路，由岛的东边走到最西端，最后我们坐在岛的终端，把脚伸到塞纳河里，迎面驶来一艘没有乘客的观光船，右手边是 Conforama，再过去是金碧辉煌的罗浮宫，左手边是国立美术学院和法兰西学院，坐在这里，坐在这个终点，仿佛是整个巴黎的支点，贴着整个巴黎的心脏，好安稳、好动容……

Laurence，你是爱巴黎的，是不是？你是爱 Catherine 的，是不是？你是爱政治的，是不是？

* * *

她轻手轻脚地褪去全身的衣服,在我还来不及发现她要做什么之前,她已潜进塞纳河,一瞬间以她的裸体面对着我,我下体湿润一片,心脏加速怦跳,阴部紧紧地抽搐……单纯的肉欲降临到我身上,且是女人身体对我产生的,是第一遭。我并不想逃躲,我想面对那样的欲望是什么,我想经验看这单纯的肉欲要带给我什么……

更早以前,在遇见絮以前,原彦常嘲笑我对女人的性欲,因为我告诉他,我从十五岁起就对女人产生爱情,十八岁起就欲望女人的身体,他问我会不会对陌生女人的身体产生单纯的肉欲,我说不曾,是先爱上一个女人之后(或许很快地),才欲望她的身体。因此,原彦笑我对女人的性欲是我精神性的结果,也就是说,基本上是爱欲之中精神爱及精神审美的部分过于支配我整个人,使我太快在女性心灵上发展自己的爱欲史,同时,精神性的支配力也使我自发性的肉欲冒不出芽来,而使我太早放弃对男性心灵之审美性的追求。原彦不相信我确实是为了使他快乐才陪他做爱,在他和我相交媾的时刻,我想我爱的是女人的身体。他认为我对男人的身体有成见、有先入为主的排斥心,他总想把男人和女人肉体间的狂喜快乐教给我,但他并没有成功,我只说:"那是属于灵魂而非身体的秘密!"

刚到巴黎的头几个月,希腊籍的同学 Andonis,长着健壮的身体和俊美的脸蛋，开门见山地要我的身体。我早和他说过我爱女人的身体，他说哪有这种事，骂我太保守，"身体"就是"身体"，只有能不能吸引人、能不能使人欲望的"身体"，哪有什么男人的身体、或女人的身体之分。性和爱之于他是两种完全不同的官能，性是冲动，是肉体的快乐（他指指他的下体），爱是情感，是灵魂的快乐（他指指心），两者基本上是独立开来的管道，但联合起来更棒。我还是使他快乐了，但他挫折："难道我的身体还不够美好吗？"

我摇摇头。

"Zoë，或许你不懂得单纯肉欲的美好，你从来没经验过酒神戴奥尼索斯是什么，我不相信你所爱过的女人哪一个有比你更大的能量能把你带到酒神那里。"他赌气地坐在墙角，"Zoë，Zoë 这个字不是希腊文'生命'的意思吗？你真懂得 Zoë？"

他们两个都是对的，也都不全对。要带我去酒神那里的，也是一个女人。

* * *

昏暗间我看见 Laurence 在塞纳河里撩拨她的头发，就像她平常说话说到激动处，就会用双手将垂在额前的发拨到两边；在水中和在陆地上都一样，她都在为自己加上中止符……她的皮肤是晒得均匀的浅咖啡色，比头发的棕色更浅更柔滑，在这春天油绿满树、绿叶阔绰妖舞的塞纳河两岸，在这巴黎人文化巅峰的灯光艺术里，Laurence 犹如一尾在千万片颤动的黄金叶间翩翩跳跃，逆寻光之流域的鱼……俯游时露出她臀部无懈可击的弧线，河水从她的背脊滑开又滑开……想用双手触摸那弧线，想用唇吸吮那弧线，想用灼热的阴部去贴住她背脊的弧线，无论她是谁……仰泳时，乳房的形状默默地划开水流，我想她是兴奋的吧，乳尖翼翼地燃点着，腰部肌肉随着空气的吸吐而收缩凹陷，风旋仿佛鱼梭织响，仿佛 Laurence 姣美的线条在纺织着水流……

原彦："男人的身体就不美吗？你难道不懂得男人阴茎勃起、抽动和射精的美吗？男人身体的美难道占据不了你的灵魂？"

男人身体的美我能欣赏，或许我更有天赋能被女人美的细节打动吧。原彦。

Andonis："唯有男人肌肉兴奋时所产生的力量才带动得了你的身体，因为你是一个这么勇敢、这么有力量的女人！"

没错，你所相信的并没有错，过往我的确不曾遭遇有足够力量的女人，不曾使我身体里蕴藏的力量被带往酒神那里。Andonis，你说的是对的，但这仍不是男人的问题。

Laurence 的身体太自由、太有力量，远远超过我的身体，且是如此具官能与性感之美的身体，仿佛她身体的每个细节都是经过我的同意与赞美而设计出的。无论她是谁，我的身体都会激烈地欲望她的身体，欲望着进入她那太自由、太有力量的内里，欲望着自己的自由与力量被她更加地打开，欲望着两具身体在相对称的自由、力量里飞翔、打架……

从此我明白：热情所指的不是性欲的表现、不是短暂的激烈情欲。热情，是一种人格样态，是一个人全面热爱他的生命所展现的人格力量。

Laurence 的完全自由与力量正是从她的热情之中流泻出来的，而这种热情的形态也是符合我自己的热情形态的，且她更强于我，而令我一触及她即整个身体不由自主地分泌张紧，身体仿佛瞬间成熟爆满欲望之流……

是的，在 positive（阳）—passive（阴）的意义上，Laurence 的热情形态更 positive 于我，她的热情更饱满、坚实于我，而使我的身体在与她接触时能够成熟到我过去所无法成熟的全部缝隙。这些缝隙，是过去男人身体将我作为一个女人身体而进入的时候，或是在我最热烈地与一个女人相爱的时候，都不曾成熟显现出来的缝隙，这些缝隙也是使我生命热情爆烈的基本骚动啊！

热情。不是男人身体的,也不是女人身体的。不是性器官的插入或接受,也不是肉体的力量大小或性分泌物多寡。不是一个人对他人、对外在世界所表现出来的强弱形式。热情更是一种品质,一种人在内部世界开放能源的品质。而我所寻求于人类的热情类型,是近似于我自身的,它不一定在男体身上,不一定在女体身上。未曾遇见 Laurence 之前,我以为那必定是在一个女人身上,Laurence 使我的身体成熟时,我才明白这个人不必定要是女人,是因为她热情的品质冲撞开我热情的潜量,而非她是个女人。

*　*　*

Laurence 知道我在写一部小说,每隔两三天她就会到我的住处来陪我。三月时她在忙中心里筹备的"同性恋电影节",征求剧本创作,筹备艾滋病募款晚会;五月时她又在忙"为艾滋病而跑"马拉松,我想六月底的"同性恋骄傲日"会让她忙得更厉害。她不但是新成立不到一周年的"同性恋中心"的长期义工,也是社会党在巴黎总部的行政助理,五月为了替 Lionel Jospin 竞选总统,她忙得患了胃病而躲在我这里好几天。选举揭晓当晚,五月十四日吧,她听到右派共和联盟的 Chirac 赢了 Jospin,她只从床上跳起来,把她同时打开的电视和广播电台关掉。

"结束了,一切结束了,我不可能再有另一个十七年可以奉献给社会党。"

她走到我的工作台前,翻开我的小说手稿,请求我用中文朗诵我的小说给她听,我说第一书到第十书都寄出去了,手稿里只有第五、第十一书,以及正在写她的第十六书了,她说没关系,等我死后到地下去念给她听。她坐在我黑色的工作椅上,我坐在地毯上,把手稿摊在她膝盖,一书一书地念,完全不懂中文的她安静地听,甚至不太敢呼吸,只偶尔搔搔头发。

"小说写完,我带你去希腊旅行,好不好?"她说出口,几乎是紧接着我念的最后一个句子。

我们蹑足钻进浴室,水冲淋着我们各自的裸体,她亲吻我的全身,两耳、发根、脖子、乳头、脐间、小腹,及背部……她总是要我先坐在椅子上,任她以发烫的舌头舔遍我的全身,使我的身体足够兴奋、足够渴望她,再轻轻牵起我的手,带我到床上……她的手臂很长很有力,当她环住我的身体,那力量似要把我的灵魂逼出,她在我耳间喃喃念着些黏腻的法文单字,她的舌头是我仅遇过带电的舌头,当它勾缠住我时,我身体里的灵魂真是在飞翔,Tarkovski最后一部电影《牺牲》(*Sacrifice*)里,有老人去向玛丽亚求救的一幕,玛丽亚以身体安慰老人,两人就在床上腾空飞翔起来……

她知道在什么恰当时机贴住我,而能使我在那一刹那震颤起来……她知道在她自己身体激动到什么状态时,钻身到我的下身,如一尾短蛇般迅疾滑行在我最宽阔的流域间……她知道循着什么样的韵律在什么时间点上进入我,梳刷那奥里所有的曲线、皱壁、沟渠,缘着它兴奋的陡坡上升蓦然插上一面红色的旌旗,圣母之繁花无性相生殖而累累地涌出狭秘的宫殿……

* * *

Catherine 用一把我送给她的古董匕首割断自己的喉咙死了。

一九八七年六月六日中午十二点。死在 Lyon 医院的病床上。三十二岁。

她刚生完第一个男宝宝。在医院休养的第二个礼拜。

来巴黎的第五年,有一天我下班回家,发现她和另一个女人,也是我的同事,光溜溜地在我的床上。原来她们的关系已瞒着我偷偷地进行一整年了。当晚,我没再多说什么,任她怎么跪在地上哭叫求我,我收拾好我的东西叫了另一辆计程车,当晚就搬离巴黎到更北方叫 Lille 的城,不再和她联络。后来听朋友说她回去 Lyon 老家,接受她父亲为她安排的政治婚姻,嫁给他们世家的儿子,一个她儿时的玩伴,也是未来她父亲在 Lyon 共和联盟势力的接棒人。在

Lille 那一年，我过着完全封闭独居的生活，每天都坐在阳台上守着日出和日落，企图自杀过两次，都被我的老房东救起，那时我不相信自己可以和世界和解，不相信自己有能力把自己救活，再活下去……因我太了解自己诚实的个性，而世界又太愚蠢太丑陋了，之于这种冲突我几乎是无能为力啊……

一年多后，Catherine 生育完，透过我的家人传话给我，请我去看她一次。六月五日中午，我捧着她最喜爱的一大捧香槟色玫瑰走进她的病房，把花插起来，什么话也没说默默地坐了一会儿，站起来表示要走，当我在她两颊各亲吻一下以示告别时，我轻轻说出唯一的一句话："Je t'emmerde beaucoup! 我厌恶透你。"

第十七书
六月十一日

第一个礼拜，我几乎还是吃不下。小咏每天都绞尽脑汁亲自做菜，或是带我在馆子里吃不同的食物。每一餐她都注意地看着我，或是她低头吃饭而以眼角偷瞄我，看我是不是吃得下，看我喜不喜欢。她笑着说：只要你吃得下，要我破产我都给你吃。她不是一个会对我正面说出关心话的人，甚至她说的话都是相反的。从我五年前认识她起，记忆里没有任何一句：我爱你，脑中仓库堆积的大部分都是没有感情的话语，或是更糟的冷漠言语，甚至是一些因她的冷漠而导致的我们之间的争吵言语……然而，作为体验一个人的心，不听其言只观其行，这种特殊的原则，用在她这种特殊的人身上，绝对是没错的，这也是我花了好长好长的时间才学会的。

我吃饭吃得很辛苦，有时一口菜吞下去，马上产生吐意而几乎吐光，小咏镇定地看着这一切，眼神里闪过一抹沉笃，忧虑胜于不舍，思考更胜于情绪（那也是我很欣赏她的眼神之一），我感觉到她决心要使我活下去，她会不计一切代价地将我的身体救活，使我的身体能够再进食，再睡觉，然后，能够再活下去……长期的忧郁状态，已不知要追溯到多久以前，近一年来，忧郁发展出更精致的表现形式，厌食症加失眠症，一点又一点地将我的生活内容架空，将我的生命血肉抽干，这两个家伙好像死神的两个捕快，这一年来被派遣来跟踪在我的身旁，等待我遇关键性的劫点将我劫去。

我不能忘怀那个黄昏，在一家小咖啡馆的二楼，我很用力地告诉她，我之所以要到东京来找她，是因为在我生命最深沉的地方唯有她能了解，也是仅仅与她相关联的，在我最悲惨时我只信任她，信任她能懂，我想与她一起活我生命中的最后一分钟，我只想见到她，只有她能给我欲望，给我勇气活下去，我只会想为她活下去，因为只有她的生命是真正需要我，需要我活着的，我会想要活在那儿给她看，给她信心，给她勇气，我想活下来照顾她……她眼睛闪着光芒，注视我，窗外天色已由昏黄转至全黑。

走出咖啡馆，我们手牵着手走在小雨点里，身边是密密麻麻的日式小酒馆，忙着打烊的小商家，短短狭狭的街道，好温暖的夜晚。

我们接着钻进一家温暖的寿司店。只见许多人围在椭圆形的餐台上，坐着高脚椅，白帽子、白制服的师傅站在中央微笑着为大家捏寿司，手法又快又稳，做好的各色鱼寿司送上传送带，仿佛在客人眼前跳起一场盛舞。店面是长方形的，在面对师傅的这个侧边，坐着一排人微微等候着,我和小咏就跻身在这一排人之中。几个侍应的人在眼前吆喝着客人所点的东西,有些忙,有些急促,密闭的空间里热闹滚滚,每个日本人都像是一个把哀愁封闭在身体内的定点……我拘谨地坐着,把双手交握在并拢的双膝上,不敢转头看一眼身旁的小咏,不敢乱动,生怕一动,这来不及吸蕴的幸福感就要涣散,我像一个庆典里腼腆的新郎或新娘,头顶上飘洒着七彩的花粉……

"想亲你一下。"我很小声地说。

"好啊。"

"可是我不敢。"

坐上位子,她仔细地帮我挑选适合我胃口,而我也可能吞咽得下的东西,一盘总是两个,她先将其中一个吃下,再将另一个寿司中的芥末挑去,把我怕的鱼刺也挑去,放下筷子看着我,陪着我,细嚼慢咽地消化完那个她处理过的寿司,然后,才又转向前方去挑选新的食物。

三年的分离,时空阻隔,在这么残酷也这么相爱的人们分离的年代间,她确实已长大为一个成人,默默地长大为一个能承载起一份生命的成人。她无须使用言语,或尽管她使用的是一种不负载情感的言语，但她表现出来照料我的种种细节，在我最枯槁的时刻，尽全力要推动我最艰难的生之齿轮的担当，使我深深地感觉到被爱。

"幸福和美还是常常会有的。"我喃喃自语着。我们并肩踏着微醺的夜色，走向回家的车站。

* * *

去东京的那三个星期，也恰巧是樱花短暂盛开的季节。

小咏怕我整天待在屋里对身体不好，经常在黄昏带我去散步，或是午后骑脚踏车到车站搭电车出门去办杂事，或是雨夜里哼哼唱唱地骑回住处。樱花未开那几天，我们一起数着枝桠上的动静，花苞开始绽放之后，她也一天天教我观察樱花的涌绽……记忆里，我们像是绕了一大圈别墅区，又绕了一大圈田野小径，再绕一大圈破落巷道，然后，骑上一大条笔直的荒凉的公路，来到市区近郊的一个小镇。市集里涌现着一片鼎沸尘嚣，仿佛于其他东京都会里的街道、人群、货物、车辆以及空气里的气味……经过这样的路程，两个长久相知的人，曾经相爱相分离又重聚首的两个人，陪着一辆破旧的脚踏车，在如此的人生切点，如此的花开季节，是在做着一种什么样的冒险与追寻呢？两个远离家园故土、远离亲旧所爱，又各自去了不同的陌生国度的人，重逢在一条陌生又陌生的公路上，共踩着疲惫的脚踏车，而其中一人正濒临着死亡的命运，我们是在做着一种什么样的放逐、流浪与回归呢?

是一种旅程,在台湾,在巴黎,在东京,我都不曾看清过我和她之间的这一段旅程。五年多来,它总是向我展现着断臂残肢的形貌,总是在雾间,朦朦胧胧,无终尽的痛苦、悲伤、顿挫,无终尽的忍耐、沉默与分离,旅程,一种连我们彼此的眼泪及哭声都被抽离的、真空的漫长旅程……

人与人之间存在着必然的关联性吗?或者说,天涯海角存在着一个人和我有必然的关联性而要我去寻找?八年了,我总是问自己这个问题。

一位朋友在偶然间告诉我,人生是由一大堆偶然性组成的,如果我相信有什么必然性,那只是我的幻觉,如果我还相信自己的生命有什么必然的价值与意义,那么,我就太缺少现代性而倾向古典了。我仍然相信着必然性,但我也经常被瓦解的必然性击溃,击溃得一次比一次更彻底,更片甲不存,不是吗?小咏,我是个胆大包天的赌徒吗?

回程,我们牵着脚踏车,各自走在车的左右两侧,走上那条笔直荒凉的大公路,火红的夕阳闪耀在远方果林农田的更远方,却也清晰巨大无比,将她的脸映照得稚嫩而美丽,我说我的人生只要可以常常和她一起并行在这样的夕阳底下,就可以过得很好。

我不愿她送我到机场，不愿再面对与她别离的场面，我独自在新宿摸索着直达机场的高速列车，搭机回巴黎。"倘若有一天东京再发生大地震，所有的人都失去身份，那时，重建的行列中，我将不会认领自己的名字，我将不再开口说话，除非是你将我自人群中领走，因为，我不需要开口，你也会认得我吧？"耳边再次响起她的声音，我从高速行进列车的窗玻璃上看到她的脸，我的泪水扑簌簌地滴落，这次，眼泪及哭声都被释放出来……

第十八书

【甜蜜的恋爱时代：絮在台湾，Zoë在台湾】

《诗经·邶风·击鼓》：死生契阔，与子成说。执子之手，与子偕老。

第十九书

【金黄的盟誓时代Ⅰ：絮在台湾，Zoë在法国Tours】

从凌晨二点五十八分起，每个钟头醒来五分钟，和你一起起床，打点行李，上车，看窗外黑茫茫的嘉南平原，到达中正机场，划位，然后开始等待八点入关，中间和家人话别，吃个早餐，打个盹儿之类的。终于，八点三十分，飞机起飞的时刻，我被驻警挡在外面，而你终于要背着我，不再也不再能回头。

我想和你一起搭飞机，一起拿登机证给空姐，一起吃难吃的简餐，一起向空姐要杯饮料，一起和邻座闲聊，想枕着你的肩听你念书，然后睡着，再起来一起听听音乐，看看电影，去去 WC……该你睡着，再起来一起吃比第一餐好吃些的简餐，一起看窗外云彩天候的变化，听机长报告香港到了，马来西亚到了，巴黎到了……

我是不是想得太多了？其实我只是想和你一起搭飞机。

※

Around the world

I've searched for you.

I traveled on

When hope was gone

to keep a rendez-vous.

I know, somewhere, sometime, somehow

You'd look at me,

And I would see,

the smile you're smiling now,

it might have been

in country town

or in New York.

in Gay Paree

or even London Town,

No more will I

go all around the world

for I have found

my world

in you.

———Around the world

一九九二年底，我享受了三个月的我自己，由于你。

※

收到二十一响礼炮的头四响（Paris 的信，音乐家系谱的松树海报，Klimt 的卡片画册和照片），天空已布满烟火火花，庆典已然展开——Zoë 为我准备好的三月庆典。我已虔诚地准备好要迎接，像呱呱坠地的小娃第一次张开她的眼。

拿着松树海报在房里比画，找着自己认识的音乐家们，嘴里不自觉哼着"我们快乐地向前走"，耳朵讶然于第一次听到自己那么纯净的声音，心里和眼底都似闪着 Klimt 女人身上穿的那种金黄色，原来一个幸福的女人是这样的，二十一响礼炮响完，女人不知道会是什么样？

看到照片才发现自己真的那么久没看到你了，伤口真的还红红的，想回到六福客栈好好仔细地看看它；还是带那么大包包；新眼镜蛮斯文，可是好像擦得不够亮；好喜欢那张在拿破仑的大雕像下不知道是要往上攀还是要往下跳的照片；身体的弧线好漂亮，表情也很好；其实在拿破仑桥的那几张都很棒；庞毕度中心；"杜象马桶"那张的眼神好深；哇，你在 Les Halls，脸靠靠，抱抱，指甲有剪哦……Zoë 我真的好久好久没看到你了！

晚安，Zoë今晚要看你听你睡觉（我枕头下可宝藏无数）。

※

后悔告诉你，让你为我的眼睛操心。你放心好了，我会为你好好宝贝我的眼睛的。

要让我再谈一次恋爱啊？写着写着都想笑起来，你不知道我每天都在谈恋爱啊？今天在公交车上想，我不是一直都爱你，也不是愈来愈爱你，而是每天都爱上你一次，奇怪不奇怪？最想给你的是一个家，是抽象的更是具体的，最想给你写信是"家里什么什么又怎么样了"的家常信。一心只要给你筑一个家，不管你回不回来，要不要，稀不稀罕，它就在那儿的那种，很安静很安静的。

这两天最担心的是因为我的眼睛妈妈又要承受另外另一个巨变，想到就很受不了，然后就是你了。Zoë，我真的出了什么事的话你会怎么样？以前你说你要到澎湖把要写给我的四百封信写完，现在呢？你会很温柔地看待命运的安排吧？很温柔地陪着我吧？最不舍得的会是你，我还没给过你一个家呢！我有很努力很努力在做，你知道吗？可是前两天，眼看老天就不要给我机会了，就是这样。

要为你早点睡让眼睛多休息。

※

我一个人在房间里,觉得自己在一个完全属于你的时空里,愿意停留在这儿,只让泪缓缓地流……

现在打电话常常变成想你的暖身,回家吃完晚饭后就抱着枕头睡觉,到十二点才起来,拥有这样一个安静的时刻。电话就在手边,很想打一个不说话的电话,只要你在电话那端,我可以枕着电话筒就好。

其实我要的只是这样而已,安安静静地过日子。安安静静在摩托车后面听你说话,安安静静让你帮我扣大衣扣子,安安静静靠着你,安安静静摸你的头,用手指头梳你的头发,安安静静和你一起理书,安安静静分享你喜欢或我喜欢或我们都喜欢的东西,真的只是这样而已。不能吗?除了你不愿之外,我想不出其他理由。

晚安,Zoë,一个齐瓦哥式的晚上。

※

大概是受你说要回来的蛊惑,从工作的地方出来好像觉得你和小 Dio 在等我,都看到你的笑了……好像天和地都纯白了起来,幸福。我爱你,Zoë,你听到了吗?

赶回家来洗澡洗头,要干干净净给你写信,给你一个干干净净的我,就像希望找到一块纯净的土地可以在上面好好爱你一样。

晚安,Zoë,你使我满足。

※

疯子,从接到你说什么你好幸福的信开始就该好好提防你的,这次居然雪衣都不穿就跑出来,又擤鼻涕又打哆嗦又扭到脚的,你是存心要让我发疯不成?急死你,气死你,担心死你……

下了班沿着新生南路到时报广场去给你买《如果在冬夜,一个旅人》,眼泪就忍不住滴滴答答往下掉,想到你在法国发烧的样子,我能怎么说呢?这个时候才真的是无话可说啊!我无话可说,只有泪……

晚安,Zoë,我燃烧中的纯氧。

※

孤单的时候要记得我在这边等你哦!

我要和你在一起。

晚安，Zoë，舍不得你孤单——

※

其实每回面对要长大的时刻，都感觉到你确确实实就在我身边。

※

觉得你终究是会离开的，那离开不是你跑掉的那种，而就是注定的，是因为我不真正适合于你的……这样说你清楚吗？不是你把我当小码头，而是我事实上就只能是小码头，你终有一天会认清的。

※

我会想，在二十三岁，第一次的恋情，我有这样的遭遇是意味着我将有一个怎么样的人生？从大学毕业的第一个对现实说"不"，在一片的价值混沌中我遇到了你，有了这么深且美的关系，我毫无准备地就被推进了一个……要怎么说呢？我好像就必须坚守自己信奉但却还不是那么清楚的一些价值，诸如人的尊严、自由和有一颗宽容广阔的心……还有要去爱，要干净……Zoë，无关乎承诺，我真的很难想象我以后会和另一个人建立家庭，养育子女，就像我无法想象我能再把自己这样完整地交给一个人一样，我不太能想象"码头"的关系，尤其是在有过完美的关系以后。所以若我们不能在一起了，也许我真的会去办个孤儿院吧！那样我就依然会有一群孩子可以爱，可以予他们自由与尊重，可以给他们我的温柔了。

※

开始上班，心是定了下来，却又有另种不安涌出，对自己面对新生活的种种有些未知的恐惧，战战兢兢。Zoë，你会在那儿等我吗？你会不会在我还没站稳前就跑掉，让我孤零零的，一个人，在那儿，爬行？今天，对你感觉到一种新的需要，就好像一个被指定到黑暗中探路的小孩，希望洞口有人看顾照应着，即使他内心明白一切还是得靠自己，但是那只手啊！在洞口迎接的那只手将试探这段路，忍受这段黑暗中极大的慰安，极大的慰安。

※

我真的一直都很相信你，因为在我意识到很多事以前，就已经跟着你走了好长好远的路了。当我蓦然意识到自己对你的信任，我也一直意识到自己会一直相信你下去，无关乎你的承诺、忠贞、爱或不爱，我就是要相信你，对，我就是要相信你。而我现在也隐隐约约感觉到这个"相信"和我一直不认为自己会因你的离去产生"质变"有关。如果有一天你爱上别人而不爱我了，我可能会封闭、干枯至死，但我不会、绝对不会扭曲自己，因为我仍然会相信你，过去、现在、未来的你，你能了解其间的因果关系吗？

晚安，在紫里乱毛直竖的 Zoë，爱你，信任你。

※

刚打完电话回来，轻松很多，虽然阴影仍在，也只得粉饰太平先让自己活下去，我真的很怕，请原谅我的迂及软弱。"挫败"，就是你用的这两个字在敲打我，我总是亡羊，你为我补牢，看不到 equal to equal，平等对平等，本来写了一张满是对不起的玩意，对不起我对你的爱，对不起你对我的爱，对不起你的义无反顾，对不起你洁净清阔的新生活；为我的结构道歉，为我的语言和文字系统道歉，为我没有负责任的能力道歉……对不起到你留下来陪我的书儿们全站开斜睨着我，对不起到讨厌自己永远只会说对不起，于是撕掉了那张对不起，只有到你那儿去需索生存下去的勇气，有了眼前一叠亮花花的电话卡。

刚坐在公车站旁的台阶上半个钟头等法国天亮，一个小妹妹二度经过，二度回头给我她的笑，好像被人抱了一抱，谢谢她给我拨电话的勇气。

昨天觉得爱得好苦，感情被折叠着得好厉害，只有在只有你我的空间和写信时，感情才能平铺开来，所以我说我对不起我对你的爱。我真想为它挣出一片天地，让它能伸展枝叶，接受天地的滋养，那它就不会如此捉襟见肘而令你痛苦了，只要我变大变强，Zoë，帮助我且给我机会。

早安，Zoë，为爱不到你而无地自容。给你我的笑。

【金黄的盟誓时代 II：絮在台湾，Zoë在法国Paris】

Can't help falling in love.
Wise men say only fools rush in,
But I can't help falling in love with you.
Shall I stay? Would it be a sin?
If I can't help falling in love with you,
Like a river flows surely to the sea,
Darling, so it gone,
Somethings are meant to be.
Take my hand, take my whole life, too.
For I can't help falling in love with you.

一直徘徊在泪的闸门口，直到一通电话、一首歌和一个不受人注意的空当……

※

今天晚上台北下好大的雨，房间里又冷又空又安静，不敢移动去开音乐，怕任何一点点什么都会让提防崩溃，例如写信的动作；恐惧行动，想冬眠。

天气的转变好让人害怕，重复的为什么只有天气？

你回来，又走了，未来六个月将没有出口，只有平面的涂抹。

想集中，心却在荡，平静，唯有把头靠在你的胸口……

※

我们不要像这样分开了好不好？我无法想象未来半年都要靠一个礼拜二分三十五秒的电话过日子，更不知道自己能面对你麻烦重重，我却不能在你旁边，甚至不能给你一些言语上的安慰几次。酷刑啊！

※

"你要好好和小猪在一起哦！"下午知道你收到小猪，真恨自己在办公室里，要不一定乱嚷乱叫才能发泄心里的"安慰"，感谢中法两国的邮差，在三天之内让 Zoë 收到小猪，早点有个伴（可真算半个人呢)。寄出她的前一天晚上,把她放在面前给你写信,就想她像那样陪着你,为我注视你(眼睛鼻子都行)。我觉得我已经附身在她身上了,希望她能多陪你一些。小猪是卷尾猪哦!你都没注意她的尾巴⋯⋯我和她都有点难过。

※

听完爱乐演出,安可时圆舞曲的调子还在脑袋里打转,一个人走在中正纪念堂外宽宽的红砖道上,想这个时候能在这儿跟你接吻该有多浪漫。十一月的三场音乐会,五场电影都得这么一个人去看,在路上走着走着就鼻酸,每个街口都有你和我的影子呀!十点一刻搭上一班脏脏破破的公交车,两旁坐着的男生都发出汗酸味,远远地还传来另一个喋喋不休,略带口吃的研究生的声音,那口吃一直唤着我的注意,对你心痛的记忆一直翻涌上来,那通电话好悲伤好悲伤,听得心里好苦好苦,遇难的船只有一艘救生艇,只能救一个人,男求女走,但女不愿走啊!女不愿走啊!

我不会放你走的,我会拼了命坚强起来的,在这个前提之中,你也没有权利软弱,你不会舍得把我毁掉的,对不对?坐在梳妆台前面,脸微侧,窗外透进的微光打在颊上,镜中竟出现了骷髅的形貌,两眼深陷,两颊凹入,发黑的脸色⋯⋯我不会任自己虚弱下去的,不要担心,Zoë 曾说我是她的生活的意志,不是吗?生活的意志自己怎么能先倒下呢?

晚安，Zoë，你真的知道我有多爱你吗？

※

无止尽的昏睡，不知道想你的底线在哪里。梦到你睡在大床上，我在书房里收拾着，空气里荡着的是陈升的歌，你在说快来吧，再不来要走了之类的话，下一刻我收拾好书房，却已四处寻不着你了。醒来的时候一身冷汗。Zoë，我不会执意要收拾书房的，和你在一起是我最大的企求。而今，我真的不知道忍受这种分离的精神极限在哪里。怕打电话，因为挂了电话后更苦，但不打电话，一个人在台北市里也苦，止不住地要昏睡，用昏睡抵御一百年的等待……

※

只要能和你在一起，无论会如何翻滚、摩擦、鼻青脸肿、体无完肤我都受得住且愿受，但你不要把我拔掉，不要留我一个人孤零零在世上啊！我真的求你。

在那封留法日记里，你说要驮着我的，你完全知道你在我生命里的位置的，所以你那天才会心痛地打结巴的，对不对？

Zoë，请让我继续纠缠你，等待之苦，我绝不让你一人受着。

※

我想你，想跟你说话，梦到你回来，哭着，只因为我都没跟你说话。想丢开现实里的一切只靠着你就好，我的心灵好虚弱。

※

我会用生命对你负责的，请放心把自己交给我。不管以前你是有诚意也好，没诚意也好，我都已经把自己交给你了，因为我一直相信你是唯一能照顾到我心灵的人。因为你不允许自己变成秃头大肚子，你会永远努力让自己的精神长得更美更大，不是吗？因为你在变庸俗之前就会先受不了自己，不是吗？因为我相信只有和你在一起，我才可能拥有一个纯粹的感情世界。

※

每天被梦压得透不过气来，是从来没有的经验，我需要和你说话，需要听你说爱我，不知道自己是怎么了。

※

一团火让我一天都神采奕奕。有人爱的女人，身体和心灵都有一种温润，一种丰沛。是宝蓝色。

※

想真正跟你生活在一起，同呼吸，同坐卧，我仍要求你相信我，请求你给我机会，即使我对这种远期支票的要求是如此不齿。

请不要放弃我和我们。

※

Zoë，答应我，我们绝对做一对永远相信对方的情侣，好不好？请你相信我永远会相信你、支持你好吗？所以，在我们之间，没有犹疑和不诚实，好吗？不管整个世界有多少人背向我们的时候，让我们都能相信回到家会有一双温暖的臂膀在迎接我们，好不好？

※

我们是两个世界的人，这是宿命。

不管爱得多狂烈，不管曾经共享多少时刻平静宁和的"接近"，事情的本质就是这样。

每次任由自己贪婪地需要你，任由自己享受你所供应而正能满足我需要的爱，就觉得自己像自杀飞机，快速俯冲的快感与浪漫热情之后，就是爆破的灰飞烟灭。

今天收到日记，记着你要我不要难过，但还是哭着和衣睡了，这和期待、内容无涉，只是很深的你的世界，之于我，就会引起这种紧张和恐惧。

从来不敢想能爱到你这件事，在我们的爱情里，我所能凭借的就是一股"傻劲"而已，顶多再加上一些海市蜃楼的自信，有时候和你一起假装相信我能爱到你，一种心知肚明的假装，那必须假装，即使假装的结果只是证明爱不到你。

有时候想，是自己太贪心了，做一个比小码头稍大的码头有什么好不满足？关于你在巴黎所作的一切努力，我有无限的感激，感激你因爱我而要让自己能被我爱。

这样跟你说一些我小小的孤单，可以吗？

下雪的巴黎一定很美。晚安。

※

中午同事忽然放了杜普蕾（Jacqueline du Pré）的巴哈无伴奏大提琴，安静的办公室里就只有杜普蕾的琴声，时空感觉一下回到去年四五月的深夜，以杜普蕾的琴声作背景音乐，为你读录"Zoë致絮书信"的三卷录音带，作为你的生日礼物，心里抽痛起来，是哀伤的杜普蕾的召唤吗？已经难以分辨。琴声听起来好痛好痛，你知道吗？杜普蕾后来半身不遂不能拉琴，她的丈夫，也是钢琴家的巴伦波因（Daniel Barenboim）到后来对她已经"无感"，但谁也没错，关系的本质就是如此残酷的，不是吗？而我真以为我们的关系是超越于此的。

PS. 难过的原因，可能也在你当时无暇在收到录音带后立刻聆听吧！即使我是如此羞赧于它们。

※

电话仍然接不通，处于完全的茫然的未知之中。

我想我是寂寞得发慌了。一个多礼拜停笔，生活完全没了重心，加上巴黎的你的水深火热，我已乱了神智。

每天固定两次打电话到巴黎聆听铃声三十响，初时的愤怒已转为平静，能在线上这么陪你也是好的，骂我阿Q也罢，说我鸵鸟也无所谓，就算我自私懦弱只顾自己的苟活吧！

请别将我自你的生活中抹净啊！我这几个礼拜我拼了命地睡，不是没有你将消失的真实感，因为镜中的自己是愈来愈无神而憔悴了，生活中总有股莫名的焦躁跟随在左右，不自由复不自由……

Zoë，对于感觉，我的确驽钝，反应及表达皆然。但请相信我有极大爱你、爱到你的欲望，每一丝爱你的动作都以着我的全心全意，全心全意。

你是不是已经离开了呢？

※

写信给我好不好？两三个礼拜一封就好，告诉我你在做什么，旁边有哪些人，我想知道，而且我很着急，没有你的新住址，怕你不知道会不会又有什么理由不给新住址，唉……我是惊弓之鸟啊！

※

Zoë，可不可以请求你这一辈子，不要"放我鸽子"？

※

我终于失去了 Zoë，眼睁睁地，无话可说。

一次又一次地，在我的生活制度与 Zoë 之间，我选择了我的制度而弃 Zoë 于不顾，今天，当我真正因失去 Zoë 而在这制度中想抓狂尖叫，我始真正明白他在我们爱情里所受的苦。

然而明白也已太迟，我知道他是已经走了，是我蓄意眼睁睁放弃最后一次他让我抓的机会。

我自己一向没有力量，一直靠着 Zoë 对我们爱情的灌溉而滋补着，然而获得一点养分，全又用在制度里各人群的身上。终究，自己抓不住这一生中 Zoë 最爱我的瞬间，终于失去了爱我至深的 Zoë。房间里充斥着我们爱情的遗迹，是褪不掉的，Zoë 给我的我是终生受着了，根本还不了。只能在去巴黎找到 Zoë 以前，静静地再次抚触他为我留下的一切。

※

想激烈地做爱
想你把我啃碎
想你吃掉我理智的脑袋

第二十书
六月十七日

　　兔兔很小，大概十五公分长，虽然是纯白的，但全身的末端，脚掌、手掌、鼻尖、两耳末端、尾尖都染着灰色。絮和我在新桥（Pont Neuf）塞纳河边那一排动植物店逛时，在第一家，絮一眼就看中了他。之后再逛几家，看到很可怕站起来几乎要到我腰部的大兔子，我们都笑开了，开始编织把这种大兔子养在 Clichy 家里会有多可怕的笑话，像是吃饭时候他们可能会围上餐巾和我们俩一起坐上餐桌，或是他们一跃就可以在我们三十五平方公尺的家，从厨房跳到大卧室，甚至可以把两个大空间中间的墙壁冲倒等等。接着，我们也看了几家的迷你兔但都不特别起眼，最后絮说养动物讲究的是缘分，看对眼最重要，所以我们又回到第一家。我向老板点了笼子里两只刚出生三个月中的其中一只。老板把他抓出来教我好好观赏他，我又问了一堆关于饲料、如何照顾他及如何判断他生病等等的问题，这时，老板才想到要掀起他的尾巴来验证他是一只公兔，结果发现这只并不是我们要的公兔兔，絮就转身看着笼子里的另一只，说她一眼看上的本来就是另外那只有一双粉红色眼睛的兔兔啊！最后,我们兴高采烈地带着这只粉红眼的公兔兔,以及他所有的家当回 Clichy 家里。我们一起抬着五十公分长的白色笼子,走进新桥的地铁站,搭七号线地铁到"罗浮美术馆"(Palais Royal-Musée du Louvre)换一号线,再到"香榭里榭"(Champs Elysées-Clemenceau)改搭十三号线回 Clichy,在下班尖峰的拥挤地铁里,白色笼子放地上,我身上背着三大包粮草饲料,靠着扶柱站立,絮坐在我身旁的位置里,逗弄着装在小纸盒里的兔兔……我看着他们两个,认定他们是我的生命伴侣,我要为他们在艰险的人生旅途上奋斗,至死方休。

"Zoë,我会帮你好好照顾兔兔的。"

唉,若说这是一本轶散了全部情节的无字天书,那也是对的。我常不明了是不是属于我们之间的爱情关系在缉捕着我也缉捕着她,而非我们在缉捕爱情的关系?从我看到她的第一眼、第一天(且两人也还没开口说过话)起,我就每天晚上梦见她,直到这连续的梦境逼着我每天给她写一封信,不顾一切地来爱她……絮常笑我是恐怖分子加神秘主义者,我是吗?我能不是吗?之于人类生存之中非理性和超自然的界域,我真的能有所选择吗?理性,真的可以拦住一个人使他不要死亡不要发疯,真的可以拦住一个人不要任意对所爱的人不忠,或是可以使人不在瞬间被不忠的雷电劈死吗?我很绝望,尽管到最后一天,这些答案对我还是 No,尽管到最后一天,我还是清清楚楚地感觉到被绑在一种不得不去爱她的宿命里，并且注定要被她无法遏止的不忠、背叛、抛弃之雷电劈死。

我从没后悔这样爱过她，我仍高兴她来过巴黎，让我可以给予她一个美丽的家，一份完完整整的爱情，那是我几年来的心愿，我做到了。但是，我很绝望，绝望于自己奇异的性格和奇异的命运……

她并非天性不忠，我也并非天性忠诚，相反地，我的人生是由不忠走向忠诚，她的人生是由忠诚走向不忠，这些都是我们各自的生命资料所展现出来的历程，只是，在这历程交错互动的瞬间，我脆弱的人性爆炸了，我这个个体无声无息地在天地间被牺牲。一切都仅是大自然。

太宰治在《人间失格》里所描写的，主人翁在历经漫长的颓废生涯后，娶了一个天真的小姑娘为妻，妻子之于他就像青叶瀑布一般涤净他黑暗污浊的生命，使他过了一阵子如新郎般的小市民生活。有一天，在偶然间，他在楼顶发现他那天性就倾向于信任他人的妻子和一位售货员之类的不相干男子正在交媾……他说不是妻子的错，但他的额头确实是被致命地劈裂了。

人性有致命的弱点，而"爱"也正是在跟整个人性相爱，好的坏的，善的恶的，美丽的悲惨的，"爱"要经验的是全部的人性资料，或随机的部分资料，包括自身及对方生命里的人性资料，我们别无选择，除非不要爱。

兔兔的笼子被放在我们的床脚边，他非常活泼好动，咬破无数书架上的书。我们吃饭时把他抓到餐桌上，夜晚我们读书或看电视时他也陪着我们，他最喜欢躺在絮的书桌底下休息，我们上课回来的第一件事一定是打开笼子放他出来，直到我们之中有一个人要先上床睡觉才把他关进笼子。看着絮和他玩，或是喂他优酪乳吃、为他铺草换粮食、静静地摸着他，或在屋子里追逐他，关于"家"的渴望与幻想，这些对我来说就是最好的了，我并不对人生要求更多。

纪德在晚年妻子死后写了《遭悲怀》，忏诉他一生对她的爱与怨。写这本书的过程里我反复地看已经陪伴我五年的《遭悲怀》，唯有这本书所展现出来的力量，爱与怨的真诚力量，才能鼓励我写完全书，才能安慰我在写这本虚构人性内容之书的过程里的真实痛苦，唯有最真诚的艺术精神才能安慰人类的灵魂。

纪德说：我们故事的特色就是没有任何鲜明的轮廓，它所涉及的时间太长，涉及我的一生，那是一出持续不断、隐而不见、秘密的、内容实在的戏剧。

我常抱起兔兔又亲又闻又咬，过分的恋兔举止常令絮笑着抗议。我想对兔兔的爱恋也是对她爱恋的转移，然而絮和兔兔是更接近、更互相了解、更天性相通的吧，我的天性似乎离他们较远。两次出远门旅行，絮都苦苦央求我带着兔兔一起去，不要独自把他丢在家里那么多天，后来还是因为顾虑他的安全而作罢。旅行中，怕他食物吃不够，絮把一棵绿叶盆栽搬到他笼子旁，旅行回来后发现一大部分的绿叶已都被他吃光了。

絮要搭机离开巴黎的那天清晨，她拿着相机帮他拍照，之后转头去收拾行李，兔兔一直围着她脚边绕圈圈，一个片刻，絮的一只脚抬起来，兔兔竟然整个小身体攀上她的脚后跟悬在半空中，那一刹那我的心缩得好紧，兔兔也是舍不得她吧，兔兔也有灵魂，知道她要抛下我们两个，知道他短短十个多月的生命就要和絮永别吧！

"Zoë，你想兔兔现在正在干什么？"

我永远不能忘怀那一幕：我们搭夜间火车睡卧铺，从 Nice 回 Paris，夜里我爬到上铺为她盖被子，她这样问我。

我跳下卧铺走到走廊上，风呼啸着扑打窗玻璃，外面的世界一片漆黑，唯有几星灯光，我点起一支烟，问自己还能如何变换着形式继续爱她？

"Zoë，我们回到家，兔兔会不会穿着西装打着领带，开门迎接我们？"

"Zoë——"

全部 Angelopoulos 的影片中，最令我感动的画面在《亚历山大大帝》(*Alexandre le Grand*) 这部作品中。亚历山大从小爱他的母亲，后来和母亲结婚，母亲穿着一袭白色新娘礼服因反抗极权政治被枪杀，亚历山大一生只爱着这个女人。有一景是亚历山大打仗完回家，一进他自己的房间，房间里只有一张床，和墙上挂着沾着血迹的母亲的白色新娘礼服，他对着墙上的白衣服说："Femme, je suis retourné. 女人，我回来了。"之后静静地躺下来睡觉。

* * *

就是这样。我渴望躺在蓝色的湖畔旁静静地死去……死后将身体捐给鸟兽分食，唯独取下我的眉轮骨献给絮……像亚历山大一样忠于一桩永恒之爱。

见
证

Je vous souhaite honheur et santé
mais je ne puis accomplir votre voyage
je suis un visiteur.
Tout ce que je touche
me fait réellement souffrir
et puis ne m'appartient pas.
Toujours il se trouve quelqu'un pour dire:
C'est à moi.
Moi je n'ai rien à moi,
Avais-je dit un jour avec orgueil
A présent je sais que rien signifie rien.
Que l'on n'a même pas un nom.
Et qu'il faut en emprunter un, parfois.
Vous pouvez me donner un lieu à regarder.
Oubliez-moi du côté de la mer.
Je vous souhaite bonheur et santé.

———— Théo Angelopoulos, *Le pas suspendu de la cigogne*

我祝福您幸福健康
但我不再能完成您的旅程
我是个过客。
全部我所接触的
真正使我痛苦
而我身不由己。
总是有个什么人可以说:
这是我的。
我,没有什么东西是我的,
有一天我是不是可以骄傲地这么说。
如今我知道没有就是
没有。
我们同样没有名字。
必须去借一个,有时候。
您供给我一个地方可以眺望。
将我遗忘在海边吧。
我祝福您幸福健康。

——安哲罗浦洛斯《鹳鸟踟蹰》

附录

我的盲点
——邱妙津简体版作品集·序

蒋勋

在文学的阅读上我有我的盲点。

知道是"盲点",却不愿意改,这是我近于病态的执着或耽溺吧。

年轻的时候,迷恋某些叛逆、颠覆、不遵守世俗羁绊的创作者,耽溺迷恋流浪、忧愁、短促早夭的生命形式。

他们创作着,用文字写诗,用色彩画画,用声音作曲,用身体舞蹈,然而,我看到的,更毋宁是他们的血或泪,是他们全部生命的呕心沥血。

伊冈·席勒(Egon Schiele)的画,尺幅不大,油画作品也不多,常常是在素描纸上,用冷冷的线,勾画出锐利冷峭的人体轮廓。一点点淡彩,紫或红,都像血斑,蓝灰的抑郁是挥之不去的鬼魅的阴影。

席勒的画里是眼睛张得很大的惊恐的男女,裸体拥抱着,仿佛在世界毁灭的瞬间,寻找彼此身体最后一点体温。

然而,他们平日是无法相爱的。

席勒画里的裸体是自己,是他妹妹,是未成年的少女,瘦削、苍白、没有血色的肉体,褴褛破烂,像是丢在垃圾堆里废弃的玩偶,只剩下叫作"灵魂"的东西,空洞荒凉地看着人间。

人间能够了解他吗?

北京火红的绘画市场能了解席勒吗?

上海光鲜亮丽的艺术家们对席勒会屑于一顾吗?

或许,还是把席勒留给上一个世纪初维也纳的孤独与颓废吧。

他没有活过三十岁,荒凉地看着一战,大战结束,他也结束郁郁不得志的一生。

他曾经被控诉,在法庭上要为自己被控告的"败德""淫猥"辩护。

然而他是无言的,他的答辩只是他的死亡,以及一个世纪以来使无数孤独者热泪盈眶的他的画作吧。

邱妙津也是无言的。

我刚从欧洲回台湾,在一次文学评审作品中读到《鳄鱼手记》,从躺在床上看,到忽然正襟危坐,仿佛看到席勒,鬼魂一样,站在我面前。

我所知道的邱妙津这么少,彰化女中,北一女,台大心理系,巴黎大学博士候选,这些一点意义也没有的学历。

我所知道的第二个有关邱妙津的讯息就是她的持刀"自杀"了。

我们可以用"死亡"去答辩这个荒谬的世界吗?

于是,我读到了《蒙马特遗书》。

台湾战后少数让我掩面哭泣的一本书。

邱妙津的《蒙马特遗书》看起来不像是文学创作。有人告诉我——《蒙马特遗书》是邱妙津自戕后朋友整理的她的信件。我并不确定：她有没有意图这些信件有一天会被阅读。

沙特（J.-P. Sartre）在介绍《繁花圣母》的作者惹内（Jean Genet）时特别强调了文学的"非阅读动机"。

惹内是弃儿，是街头男妓，是小偷扒手，是罪犯，当他关进监狱，在天长地久的牢房里，他开始书写，写在密密麻麻的小纸片上，数十万字，然后，被狱卒发现了，一把火烧了，他无所谓，继续书写。

创作到了没有阅读者，诗没有人看，画没有人看，你还会创作吗？

十三亿人口的中国，没有人懂你，你愿意多懂一点自己吗？

惹内的文字流传出监狱，引起法国上个世纪最大的"文学"震撼。

文学不是为了"文学"的动机。

文学永远是你自己生命一个人的独白。

邱妙津的《蒙马特遗书》书写她的独白，她在最孤独的世界里摸索一个女性身体的私密记录。

我还没有看过华文的女性书写里有如此坦白真实赤裸裸的器官书写，女性书写的器官，当然不应该只是看得见的眼睛鼻子，也更应该是身体被数千年"文化"掩盖禁锢着的乳房或性器官吧。

那是邱妙津使我正襟危坐的原因，那也是邱妙津使我心里忽然痛起来的原因。

我知道这个生命是席勒的幽魂又来了，这次它要用华文书写。

巴黎的街头常常有寒波（Rimbaud）十八岁刚到巴黎的一张照片，

清癯忧愁少年男子，像做着醒不来的梦。

他写诗，像李白初到长安，几首诗，震惊巴黎，大诗人魏尔仑（Verlaine），老婆儿女都不要了，疯狂热恋起寒波。

那是上上一世纪末伟大的"败德"事件。

他们"败德"，却绝不媚俗。

叛逆、颠覆、不受世俗价值羁绊，"La vie est ailleus——"

寒波照片制作的海报上写着这诗句——"生命还有其他——"

这句话已经是今天欧洲青年的格言了。

生活在他方，可以出走，可以流浪远方，可以不写诗，可以——不是这样活着。

寒波不写诗了，在整个文坛称他为"天才"时，他出走了。做了水手，四处流浪，买卖军火，颓废落魄死于异乡。

有比"写诗"更迷人的生活吗？

寒波苦笑着，或许，邱妙津也苦笑着。

邱妙津的"作品"，或许并不是"遗书"，而是"死亡"。

我不十分相信《蒙马特遗书》会在华文的世界有广大的阅读，但是——有你，就够了。

你可以死亡，却永远不要衰老。

二〇一一年十二月十四日
于八里淡水河边

时光踯躅

骆以军

一个试图构造自我的人是在扮演造物者,这是一个观点:他违反自然,是个渎神者,令人厌恶到极点的人。从另外一个角度,你可以看出他的悲情,他奋斗过程、冒险意愿中的英雄精神:不是所有的突变者都能够存活,或者从社会政治的角度来看:大部分移民都学会、也能够变化成伪装。我们自身以虚假的陈述来反制外人为我们捏造的假象,为了安全理由而隐藏我们秘密的自我。

——鲁西迪《魔鬼诗篇》

当我再看一眼他房里的情形时,我的眼珠就好似玻璃珠球做成的假眼一般失去了动的能力,我呆呆地站在那儿,眼看着一道黑光像疾风扫过般横过我面前,我想我又做错了。我可以感觉这一道黑光穿过了我的未来,在这一瞬间笼罩着我面前的生涯,我禁不住开始发抖。

——夏目漱石《心镜》

邱妙津于一九九五年在巴黎的留学生宿舍自杀，使用非常激烈的方式，到了一九九六年，她的遗书《蒙马特遗书》出版。我很难向大陆这边的读者重建、描述这本书对台湾那一整代文学青年的重大影响。那像是深海下面一座火山的爆发且瞬间将自己吞噬进一个既塌缩（因为死亡的将绝对时间吞噬而去），却又暴涨的宇宙（透过这本应在决定自死之前一段时间，以一封一封体例严谨分章节的"遗书体"，像巴洛克音乐赋格展示一个青年艺术家关于爱、艺术、伤害、纯粹或是对创作的意志之星空描图……）。那出自一个二十六岁，挟带了九〇年代台湾文学菁英（她且较同辈早慧）的"现代艺术文学之创作（而非改良）刍议"。

一本始终在"遗书／小说"之暧昧边界被阅读，然其实其想象、描绘这个带给"我"至福、玷辱、美感、憧憬或暴力的世界缩图或常借喻小说：尽可能的西方二十世纪现代主义小说经典或日本战后小说；存在主义；两次欧战造成的文明崩坏、恐怖地狱场景；一种时间的压缩、爆炸；乃至文体的高蹈、激烈扭曲、追求极限光焰……背后却难以回到古典时光的和谐、秩序、教养。有一些或当时台北这些年轻创作者知其然不知其所以然的共享书单与关键词：卡夫卡的《城堡》、卡谬的《异乡人》与《薛西弗斯的神话》、福克纳的《声音与愤怒》、莒哈丝、尼采、齐克果、海德格、弗罗伊德……昆德拉的《生命中不能承受之轻》、拉丁美洲魔幻小说家群（略萨、马奎斯、鲁佛、卡洛斯·富恩特斯）；日本小说家则是似乎大家熟悉的川端、三岛（尤其是"焚烧的金阁"）、太宰治、安部公房、某些内向世代小说，乃至其时刚译介到台湾的村上春树《挪威的森林》……电影则如她书上激昂提出的：法国新浪潮电影如楚浮、高达、雷奈这些名字；博格曼、小津安二郎、布列松、塔科夫斯基、齐士劳斯基，或她钟爱的希腊导演安哲罗浦洛斯……

另一个意义，因为她女同志（拉子，Lesbian）的身份，在台湾九〇年代刚解严身份认同从潘多拉盒子般禁锢、压抑的白色恐怖（同时型构一个"安全、去异存同的想象群体"）释放出来，同志运动、论述与社群方兴未艾，她等于是第一本宣示其拉子身份但以如此决绝激烈的形式，毁坏自我的生命，却喷吐出那样曝光爆闪后停格的一张二十六岁画像。一部像金阁那样繁华瑰丽妖幻如梦的建筑，却"必须"放把大火烧掉它。

很难向此间的作者说明：《蒙马特遗书》在台湾，几乎已是女同志人人必读的经典，甚至可能几个世代（至今二十年了）拉子圈的"圣经"。也许可以说，它是像一辆被现代性高速车祸压挤、扭曲、金属车壳焊裂、玻璃碎洒、龙骨在烈焰焚烧后仍显现强勒结构的，女同志版的《少年维特的烦恼》，但我们这样比拟之时，其实是目睹一"将现代性精神之景致嵌进车子里"（纳博可夫语）的现代跑车——仪表板刻度和车顶钣金倒映着二十世纪人类文明已将人类自己惊吓战栗的集中营、大屠杀、荒原、废墟、自我怪物化、荒谬、梦的解析甚至媚俗——那样在我们眼前撞进一"黄金誓盟""爱的高贵与纯粹""一个美好的成人生活",剧烈爆炸,车毁人亡。

如今我已四十五岁,距我和邱妙津相识,或我们那么年轻(而两眼发光、头顶长角),几次争辩但又同侪友好,脚朝上踮想象可以、"应该"写出怎样怎样的小说,已经二十年了。我仍在不同时期,遇见那些小我五岁、十岁、十五岁、二十岁的拉子(通常是一些像她,有着黄金灵魂,却为自己的爱欲认同而痛苦的T们),仍和我虔诚地谈论邱妙津,谈论《蒙马特遗书》,我感觉她已成为台湾女同志"拉子共和国"、某张隐秘时光货币上的一幅肖像。《蒙马特遗书》已不只是邱妙津自己的创作资产,它像《红楼梦》、莎翁的戏剧,成为台湾拉子世界那极域之梦,浓缩隐喻——像赫拉巴尔的《过于喧嚣的孤独》将一整座城市的文明、辉煌、羞辱、记忆、错乱的认同,全打压挤成地底一位"打包废书工"的呓语之中——她们在主流异性恋社会中的"他人眼神建构之怪物化";在爱情关系的另一星球重力里孤独承受的被背叛、遗弃、玷辱;她们如何重绘自己的"黄金之爱"、疯狂、常比一般人更艰难去实践的"天使热爱的生活"……

这部分我无资格多说,事实上我在二〇〇一年以邱妙津自杀为对象,意图展开"小说之于自杀之黑洞的辩证"的作品《遗悲怀》,在当时激怒台湾许多女同志社群。即因我作为现实里"正常世界"的男异性恋者,我想撬开那遗书裹胁,将所有生之意义吞噬而去的死亡锁柜。

有一次和梁文道先生聊到"中国小说中的'青年性'",我如同梦游般地在脑中穿过那些鲁迅酒楼上、张爱玲黯黑大宅里（充满老妈妈们耳语的，影影幢幢，家族如今猥亵破败的昔日荣光，鸦片膏或堂子继母身上的腻香）、沈从文的河流运镜，或郁达夫的性的南方郁疾……我说：我感觉中国小说里没有"青年的形象"；只有老人和小孩、特别是小孩，全是一些把头埋在自己怀里，蜷缩成一团的，卵壳里的"少年"（或"孩童"）形象，还来不及孵化便孱弱地死了。

梁文道君指出我这印象派式的谬误，他举证了许多共和国经典小说的"青年形象"，譬如伤痕文学及寻根派里那些青年。

小孩。侏儒。恶童或痴儿。（譬如莫言的《蛙》和《生死疲劳》这样的时空巨幅展演"流浪汉传奇"，如葛拉斯的《铁皮鼓》、格里美尔斯豪森的《痴儿西木传》、鲁西迪的《最后一个摩西人》、哈谢克的《好兵帅克历险记》、匈牙利女作家雅哥塔·克里斯托弗的《恶童三部曲》。）一种灵魂尚未完全坐落进整幅"某个时代全景疯狂"的成人群体中的孩童观看之眼。

其实我想到的是，在台湾，非常迷惑的，回首才发现的，九〇年代，我同辈一整批的创作同伴。譬如邱妙津（她的第一本小说是近乎习作的《鬼的狂欢》），或是几年后走上自死之路的袁哲生与黄国峻。

袁哲生的成名作包括《送行》（在火车到达月台时车厢内几组人物的并不形成"故事"必然性的近乎炭笔素描）、《秀才的手表》。黄国峻（黄春明先生的二公子），则是像法国新小说，一个房间密室里空镜头的堆栈书柜、窗帘或玻璃的光彩稀薄的人物的回忆碎片。一种黏着在客物上的忧悒、尖叫前的寂静而非任何叙事者的心理分析式陈述。

或是香港董启章的《安卓珍尼》（他是在台湾的文学奖夺奖而引起注视），叙事声音的阴性性别乃至人格分裂，背景延展一种人类历史已远离的"物种起源"的异质、淡漠"女孩脱离父系秩序（社会伦理的性别暴力）漂浮成独立的阴性文明史"。赖香吟的《雾中风景》，受创的画面，安哲罗浦洛斯式的，人在其中何其渺小的孤寂荒原。最后一个说话者，或是马华小说代表人物黄锦树的《鱼骸》（其实他要到几年后的《刻背》这部骇人的小说才真正处理，"一部离散的南方华人流浪者之歌：文体即魂体"，一如犹太人上千年的意第绪秘传怪诞，要求后辈记得的"时间意义上已灭族"，无文学史可框格摆放的，背了太多代故事的少年）。

或是我在二十五六岁间的处女作《手枪王》里的一些被贴上"后设小说"的，面目模糊、流离失所、断肢残骸的变态少年。

还有成英姝的《公主彻夜未眠》，里头那些在不同短篇章节，如在一个共同梦境迷宫不同房间各自游晃，偶遇时不知前头什么事已发生过的贝克特式人物。或是颜忠贤的《老天使俱乐部》，不是《哈扎尔辞典》体，不是昆德拉的"误解小辞典"，而是像编纂一本虚空中不存在的"老天使学"（在还没有日本动漫《火影忍者》的年代之前），他使用这样像一本一人杂志不同作者（建筑师、伪电影导演、伪诗人、伪记者……)以唐卡形式层层编织这样一本"老天使们的前传"。

那于我是一个，同伴们（大约都二十六、二十七、二十八岁）如整群白鸟在一种对小说冒险充满远眺激情的于蓝天飞翔的整幅记忆画面。我们后来被称为"内向世代"。似乎这批台湾六〇后的年轻小说家群，在政治解严、文化的现实位标因媒体开放，因汹涌窜出的专家语言而立体纵深。年轻的小说家们已到了台湾现代小说语言实验的第三代了（在我们前代的张大春、朱天文、朱天心、李永平、张贵兴、李渝、舞鹤……），他们的作品，似乎已将中文现代主义的语言实验推到一个成熟且贪婪连接上卡尔维诺、波赫士、艾可……这些如万花筒如迷宫，小说如连接世界不同语境之观看方法论的"大航海时代"，你可以透过小说的虚构、赋格、飞行设计图或类似一座大教堂的繁丽建筑……你可以出航到人类心灵海洋的任何百慕达，捕捞任何一迷踪、裹胁了神秘、失落存在意义的白鲸。

问题是，回头观看当时的我们，这批处于九〇年代台湾六〇后的年轻小说家群，你会发现，他们动员了更精微的显影术，更微物之神的静室里的时光踟蹰、更敏感的纤毛和触须……却都像是如此专注却又无能为力地想探勘"我是谁"——那个大历史图卷已无法激起说故事热情；"我"，像被摘掉耳朵半规管的医学院实验课的鸽子。那样的自画像，通常已是一张残缺的脸。

这是我在时移事往，二十年后，邱妙津的《蒙马特遗书》在北京出版，我想提醒此间读者的。它并非一本孤立之书，或仅仅再复制一次"女同志的少年维特的烦恼"。

我非常恐惧那样如极限光焰将一切黯灭的黑暗般，全吞噬进一"遗书"（遗体）的诗语言的辉煌和表面上的惊骇与肃穆。事实上，从邱妙津开始，到黄国峻、到袁哲生……像一只一只同伴白鸟的陨灭，他们以自杀裹胁而去的巨大冰冷、空无之感，在事件刚发生如此贴近的我那一辈刚要跨过三十岁，将小说作为辩证世界、其命运交织、杂驳无限本质的"方法论"（卡尔维诺所言），他们确实强迫我们将正活着（且其实才刚要进入创作上稍微能理解、掌握的时期）的时光，全歪斜、死灰成"余生"。那似乎取消了你必须像赤足踩入黑夜水池哆嗦感受其寒冷地，卑微地活着，继续在时光的长河中观察其时黄金誓盟之爱如何腐蚀；持续的衰老，进入一种社会网络的男女关系、经济关系，或慢速一如卡夫卡城堡的医疗体系的死生关系。那似乎取消了（作为一个小说家）你必须有足够时间展辐以理解、观看，才得以百感交集体会的"全景幻灯"：文明如何堕坏、人类存在处境有时可以流放在怎样野蛮不幸之境；或如库切的《屈辱》或纳博可夫，那极限光焰，光黯灭前必须去交换的，时光烂叶堆中，你屈辱活着的时光。

也许，这样的一本遗书，它或如顾城（《英儿》），或是三岛，是某个辉煌心智激情，如一座以将之存有消灭为交换，使之强光爆闪（我们脑额叶中永远的印记？）的"宇宙精神之预言"（譬如火烧金阁）那样永远放逐时光之外的坛城？

时隔近二十年，我重读《蒙马特遗书》，还是每一小章皆无法卒读，巨大悲伤充满胸臆。我还是不断为她那私密（但其实是作为一"预知死亡纪事"的，如太宰治《人间失格》，如齐克果《诱惑者日记》，有一想象性"小说读者"如你我的"遗书"——它不是一严格要求烧毁，而是在一死之换日线的默许下将被出版的创作）的冥想、"命运之奥秘"，关于"灵魂"、关于"被爱欲"、关于"玷污"、关于"背叛"……我仍旧在掩卷之余，心绪翻涌，脑海和虚空中的，似乎永恒停在二十六岁的这位作者，进行一种死神笔记本式、误解小辞典式、赫拉克利特河床式的喃喃自语辩证……

《蒙马特遗书》确实像一枚被这位有着灵魂核子当量的女同作家封印如 Inception（《盗梦空间》）或《源代码》这两部借用量子宇宙（或波赫士擅长的《环墟》或《歧路花园》）那样一颗"微型黑洞炸弹"（刘慈欣科幻小说中的发明）：你一开启它，无论你处在怎样的真实语境里（一九九六年的台北，或二〇一二年的北京，或你是不是拉子？或你置身在跟书中世界何其遥远的共和国话语、微博话语），它都能逼使你原本立身其中的这无比真实的世界，被她的黄金纯粹的这样"爱"的高贵绝望铭刻字句（或朝向这种高贵天空之城、踮起脚尖、扑打翅翼、渴欲升空的姿势），将你的真实时间液化、整片萎白死灰，成为丑瘪皮囊，成为飓风中整条街皆粉碎的马康多镇。那似乎像一不断重返"死亡之前最后时刻"的回路。你不断重新鉴视、查看那死亡密室的"箱里的造景","到底怎么回事?"坏毁的脸是在怎样的"爱的强大描述之光照"下,一笔一笔刷上阴影?那将使我们合上书后,恐惧、哆嗦、心脏宛如宇宙瞬爆,哀悯、净化,甚至羞愧。不是为多年前她早已发生的这个"自杀—遗书"的陨灭与存有的白银坛城,而是为我们没有对抗虚无、对抗媚俗,不愿意在屈辱和剥夺后相信自己是不该被羞辱和剥夺的,在浑浑噩噩的时光泥河中这样继续活着。

刹那时光

陈雪

一九九五年六月那一日,是台湾常见的燠热潮湿夏日,我睡得迟醒得晚,梦中接到台北朋友的电话,告知我台湾作家邱妙津二十五日在法国巴黎自杀。挂上电话,如梦未醒,又躲回被窝,却冷得发抖,我起身,在屋里乱转,我想打电话给谁,但没有对象可以诉说这事于我的震撼,我也没弄懂自己被什么撼动了,二十五岁的我,二十六岁的她,素未谋面,一个在台湾,一个在法国,且已处在生与死的两端,毫无联系。

我与邱妙津不认识,只因为某个朋友重叠而提早得知这消息,当时她于我只是一个年龄相近却比我早慧许多的作家,并不知道她自杀的种种因由。我正在准备自己第一本小说的出版事宜,才刚踏入台湾文坛与同志圈,初接触"同志""酷儿""性别运动",彩虹旗帜飘飘,天上翻飞的都是名词。

邱妙津生前勤于创作,著作却在死后才引起广泛讨论,但她是早熟的天才型作家,在台大求学期间已经头角峥嵘,一九九一年出版第一本短篇小说集《鬼的狂欢》,她拍短片,写剧本,寻求一切创作可能，一九九四年出版后来被当作女同志文学经典的《鳄鱼手记》，她大我一岁，我们都是双子座，她先我后生日差别不到十日。但我没见过她，我的脚步总是慢了一点，她自杀那年九月我才出版第一本小说集《恶女书》，因为小说内容涉及女女情欲，书籍被封上胶膜，贴着"十八岁以下禁止阅读"的警语贴纸，一出版就引发争议，我因此结识许多当时台湾最前卫、聪敏、优秀的性别运动者、学者、作家、艺术家，一脚跨进"同志"的世界，进入了"运动现场"。

一九九六年五月，邱妙津的遗作《蒙马特遗书》出版，长期高居书店畅销排行榜前几名，那时无论在同志圈或文学界，她已是传奇人物。从第一本小说到后来陆续出版的作品，她最常见的照片，可能拍摄于就读台湾大学时期，小麦肤色发亮，一双滴溜眼睛灵动，穿着牛仔外套，小男孩似的神情。《蒙马特遗书》初次问世的封面上有着她略微左侧半身的近照，或许拍摄于巴黎，厚黑过耳短发，流海稳妥梳开，金框眼镜，身着暗色大衣，仿佛正在逐渐迈向成人世界的边缘，仍感到跻身的疼痛，镜片后的眼神眺望远方。二十六岁最后身影。

一九九六、九七、九八年，是同志运动风起云涌的美好时代，是"那些花儿们奔挤簇拥，争奇斗艳，众声喧哗的现场"，我常纳闷或怀疑邱妙津就在场，在那彩色人龙里，数十人或数百人，从她生前就读的台湾大学正门口出发，一次又一次地上街游行，那时活动强调的是"现声／身就是力量",都还不是后来真正如嘉年华的数万人同志大游行,而是像打游击战,是由各地的学校与民间社团组成,以抗议各种"歧视事件"组织成的游行,学生们自发组织读书会,办演讲,搞座谈,那时大家会拼命翻译、设法出版欧美超前二十年的性别运动理论,各种影展里凡与同志相关的电影都引发热烈讨论,学生或创作者或评论家群聚,我曾参与或旁观过许多次。那时,台湾社会各界涌动着一股蓄势待发的气氛,处在一种"战斗状态",上街的人们仍犹豫在"曝光""现身"的各种复杂压力与思维里,有人会选择戴上嘉年华的面具,无论是塑料制只露出眼洞如《歌剧魅影》的纯白全脸面具,或者威尼斯风格只强调眼睛部分,手拿或头戴,蝴蝶形状,饰以羽毛、水钻、珠串、彩绘的半脸面具。

那些年我常巡回各地大学校园演讲,参与各种正式成立或私下聚会的社团活动,在无数次演讲座谈会上,谈论我自己的小说或者,关于酷儿与同志。我们讨论着"性别认同""T婆问题""出柜与否""同志人权",一场又一场的活动里,从性别政治、身份认同、情欲流动,讨论到家庭处境、社会位置,台下总是坐着与我年纪相仿的大学生或研究生,大家的言谈之间还充满我一知半解的名词与术语。我是个乡下女孩,小说里描绘的女同志情欲多半出于幻想,我甚至是在《恶女书》出版后才正式交往了第一个女朋友,我的身份认同,对同志世界的理解,其实是透过一次又一次的"现场演习"所得。那时我常想,如果邱妙津还活着呢? 就差了一年不到啊,她预言般写出的那些问题，透过"鳄鱼"这一形象清晰传达的同志处境的艰难与苦谬，仿佛该是她坐在那些演讲台上热烈地与台下的学生讨论，我想她会比我更懂得那些外文翻译来的名词，更懂得那些需要大量时间消化的文化背景，而且，她才是真正创造了"拉子""鳄鱼"这些深刻影响女同志文化，并且使它们直接变成"新名词"的人。她的作品被大家传颂、引用、讨论、研究，她的生平、事迹甚至她阅读欣赏的小说、作家、电影导演，所有一切都成为女同志世界里一座无论在何处都可以眺望的高山，成为那一代文艺青年效仿参照的对象，甚至有人直接就说，"邱妙津是我的神"。一九九七年，在一个同志团体举办的"同志梦幻情人票选活动"中，她甚至打败了所有还在世的影视明星，得到票选第一名。

但她从来不是我的神，而更像是一名未曾谋面的同伴，尽管我们并不相识。她从不知道我。

真正触动我的，一直不是邱妙津的读者反复追颂的那些"圣徒的事迹""爱的箴言"，而是她留下的"追问"。《蒙马特遗书》是一本"遗书"，却成了活着的青年们心中的"经典"，一本悲伤至极的爱的"圣经"，她企图以死亡封印住的是一份"黄金盟誓""永恒之爱"，但能够以"死"封箴至爱吗？那空缺的三书，"黑暗的结婚时代""甜蜜的恋爱时代""金黄的盟誓时代"，像三个巨大的问号，留给读者的不只是揣测真相的悬念，更像是对自己终极的追问。

当时啊，我们都还不懂得爱情的凶险困难，当时，年少的我们，光仅只是理解自己是如何的一种存在,为何总与世界格格不入,我们的爱欲对象、身体形状、性别气质似乎仍在浮动且朦胧变化着,但我们已经感受到爱的疼痛与其巨大的影响,太多太多疑问在我们心中,无论作为一个拉子,或一个创作者,或仅仅是一个正在"爱"的个体,这一切都太复杂太艰难了。

然而究竟是怎么回事?是怎样的爱情必须以死来保存的,邱妙津死亡之前所看见的究竟是如何的最后风景?"死亡"这件事真实地发生了,无论书中或人们口中如何描绘历历,我如何在阅读过程里几度感觉到"这次她真的会死",那如缠遂不去的鬼魅漂浮在整本书的无论欢喜悲伤愤怒的每一段落里,随着年岁增长,偶尔翻开,我仍会为作为一个阅读者你亲眼看见了那无可挽救的结局仿佛在开头已经预言而悲愤。死亡是什么?那从百花盛开的草原越过,是一片荒漠,然后,是尽头了,一切无法挽回,时间静止了,你喊她,她越过尽头的尽头,那里有什么,她没有回答。她选择的路径,后人无法从这本遗书里完整追溯。

如今我四十二岁了,那繁花盛放,痛并快乐着充满斗志运动的美好时代已经随着社会氛围变迁,进入了更为繁复的"后同志运动时代",邱妙津永远停留在二十六岁,而我们活下来的人逐渐老去。死者永远年轻,生者持续思索,邱妙津追随者众,但就我所知鲜少人因此效尤,走向死境,人们思索着她提出关于爱的各种追问,继续活着。

我时常想象倘若她活到了现在，亲眼目睹了她笔下的拉子、鳄鱼蜕去乔装，大步上街，看见那曾经"充满伤害的世界"一年一年爆炸性的变化，我不确知这逐渐演变的世界是否会使她感到舒适，是否会是她喜爱而选择继续活下去的世界。邱妙津短暂的生命充满火山般的魔力与烟花的灿烂，但我以中年的心智再度重读《蒙马特遗书》，过程里我想起一九九八年冬天在香港第二届的华人同志交流大会，来自世界各地的几百名男女同志以各种困难曲折的交通方式到达香港，群聚在大屿山的一个青年活动中心，五天四夜的活动，密密麻麻的座谈会与演讲。第一天的晚会上，有个贵州来的阿姨（她大约就是我现在的年龄）举手发言，她几乎是颤抖着以含泪的声音激动而口齿不清地说话，说她如何辗转得知活动，如何凑足旅费，隐瞒家人，排除万难，历经长途跋涉来到此地，"看见大家，我非常感动"，她泣不成声。我想她没有读过邱妙津的作品，也没有看过我写的任何一行字，但我看见她，穿着陈旧的衣服，就像是从某一农村里走出来的大婶。当年我没有能理解她言语中的激动，而今回想，那个简陋的活动中心，想必就是她眼中的乌托邦，而她那跋涉万里追寻同伴的动作，充满了生命力。

　　人们崇拜一个死者，并由此得到生的力量，无论对于作者或读者而言，这是意义非凡的作品，"有如此的灵魂存在，世界真美，我更舍不得死了。"但愿这会是大家读完《蒙马特遗书》的赞叹。

译名表 *

人名

阿波里内尔：阿波里奈尔

阿德里安：哈德良

艾可：埃科

安提诺雨斯：安提诺乌斯

安哲罗浦洛斯：安哲罗普洛斯

巴哈：巴赫

博格曼：伯格曼

波赫士：博尔赫斯

楚浮：特吕弗

戴奥尼索斯：狄奥尼索斯

杜象：杜尚

---

* 为尊重原作，本书保留台湾译名和外文名。对照表前为本书译名或外文名，后为大陆通译名。

梵谷：凡·高
葛拉斯：格拉斯
海德格：海德格尔
寒波：兰波
莒哈丝：杜拉斯
卡谬：加缪
雷奈：雷乃
鲁佛：鲁尔福
鲁西迪：拉什迪
马库色：马尔库塞
马奎斯：马尔克斯
纳博可夫：纳博科夫
齐克果：克尔凯郭尔
齐士劳斯基：基耶斯洛夫斯基
齐瓦哥：日瓦戈
沙特：萨特
魏尔仑：魏尔伦
雅哥塔·克里斯托弗：雅歌塔·克里斯多夫
伊冈·席勒：埃贡·席勒
珍·摩侯：让娜·莫罗
Albert Kahn：阿尔伯特·卡恩

Argerich：阿格里奇

Beethoven：贝多芬

Beineix：贝奈克斯

Besson：贝松

Carax：卡拉克斯

Chabrol：夏布洛尔

Chirac：希拉克

Clarice Lispector：克拉丽丝·李斯佩克朵

Daniel Barenboim / 巴伦波因：丹尼尔·巴伦博伊姆

Derrida：德里达

Emir Kusturica：埃米尔·库斯图里卡

Gabriel Marcel：加布里埃尔·马塞尔

Godard / 高达：戈达尔

Jospin：若斯潘

Klimt：克林姆特

Landowski：朗多夫斯基

Louis Malle：路易·马勒

Marguerite Yourcenar：玛格丽特·尤瑟纳尔

Mitterand：密特朗

Nikita Mikhalkov：尼基塔·米哈尔科夫

Osho：奥修

Rivette：里维特

Rodin：罗丹

Tarkovski / 塔科夫斯基：塔可夫斯基

书名、电影名

《地下社会》:《地下》

《哈札尔辞典》:《哈扎尔辞典》

《环墟》:《环形废墟》

《魔鬼诗篇》:《撒旦诗篇》

《歧路花园》:《小径分岔的花园》

《屈辱》:《耻》

《声音与愤怒》:《喧哗与骚动》

《他人之脸》:《他人的脸》

《喜剧演员之旅》:《流浪艺人》

《心镜》:《心》

《薛西弗斯的神话》:《西西弗斯的神话》

《异乡人》:《局外人》

《尤里西斯之注视》:《尤里西斯的凝视》

《最后一个摩西人》:《摩尔人的最后叹息》

地名

百慕达：百慕大

波士尼亚：波斯尼亚

罗浮宫：卢浮宫

马康多镇：马孔多镇

玛璃桥：玛丽桥

西提岛：西堤岛

香榭里榭：香榭丽舍

Bastille：巴士底

Deauville：多维尔

Les Halls：巴黎大堂

Lille：里尔

Lyon：里昂

Nice：尼斯

Strasbourg：斯特拉斯堡

Tours：图尔

Trouville：特鲁维尔

其他名词

踢跶舞：踢踏舞

图书在版编目(CIP)数据

蒙马特遗书 / 邱妙津著 . — 北京：北京日报出版社，2021.7（2021.8 重印）
ISBN 978-7-5477-3957-0

Ⅰ.①蒙… Ⅱ.①邱… Ⅲ.①书信体小说 – 中国 – 当代
Ⅳ.① I247.5

中国版本图书馆 CIP 数据核字 (2021) 第 067013 号

责任编辑：史　琴
特约编辑：黄盼盼
装帧设计：永真急制 Workshop
内文制作：李丹华

出版发行：北京日报出版社
地　　址：北京市东城区东单三条 8-16 号东方广场东配楼四层
邮　　编：100005
电　　话：发行部：（010）65255876
　　　　　总编室：（010）65252135
印　　刷：山东韵杰文化科技有限公司
经　　销：各地新华书店
版　　次：2021 年 7 月第 1 版
　　　　　2021 年 8 月第 2 次印刷
开　　本：880 毫米 × 1230 毫米　1/32
印　　张：6.5
字　　数：128 千字
定　　价：52.00 元

版权所有，侵权必究，未经许可，不得转载

如发现印装质量问题，影响阅读，请与印刷厂联系调换